众里寻他

ZHONG LI XUN TA

亦舒 著

人民东方出版传媒
東方出版社

方倍对父母的工作完全不感兴趣。

她是王正申与孙公允的唯一女儿。父母均是建筑师。王正申开设建筑事务所，在行内相当著名，工作范围伸展到欧亚美洲。

孙公允女士曾接受《建筑文摘》访问，她专职帮客户往全世界采购古董建筑材料，然后，设法贯通融汇装置到他们家中。

两人都是长袖善舞的生意人，品位高雅收敛含蓄，叫客户欣赏钦佩。一家人生活得极之舒适，夫妻唯一烦恼是王方倍。

方倍貌仅中姿，除出一双眼睛还算有神，其他均属平平。母亲五尺六寸，她却矮两寸，但还比妈妈重十磅。孙女士穿四号衣服五号半鞋，倍倍却穿八号上衣七号鞋。换句话说，倍倍毫不秀气，她是大块头。

母亲时常嘀咕。

“倍倍，你还在喝汽水？巧克力糖是孕妇吃的，白饭白面包最坏。记住，喝绿茶清水，吃蔬菜及清蒸鱼。”

方倍唯唯诺诺：“是是是，是是是。”

管家大力开关冰箱："孩子们不吃蛋糕饼干汽水糖果，吃什么？"

方倍过去搂住胖胖的管家瓜达露比："说得好。"

孙女士无奈："倍倍，我拿你怎么办好呢，我像你这样年纪之际，随父母出游地中海寻找古董——"

方倍微笑："抢夺，母亲，巧取豪夺，一个国家的文物应当留在该国，拿破仑抢去米洛的维纳斯，英国人搬回巴特农神殿的浮雕，都是盗贼行为。"

原籍墨西哥的管家有感而发："西班牙为黄金将印加人灭族。"

孙女士秀丽的面孔绷紧："倍倍，至少功课做好些。"

"我平均分八十二。"

"父母指望是九十二。"

方倍嘻嘻笑。

"加油，努力一点，你做得到。"

管家提醒东家："太太，时间到了，客户等你。"

孙女士喝完咖啡匆匆出门。

管家喃喃说："我是她，早就退休在家多养几个孩子过着充实忙碌的幸福生活。"

可见每个人心目中的成功与快乐完全不同。

管家问方倍："你打算怎样？"

方倍摊摊手："做回我自己。"

"八十二分在这个家里不够好。"

"可是，做到九十分得作极其大牺牲，优异生除却读书，没有其他，睁开眼睛就是笔记与书本。"

"你不怕父母失望？"

方倍对父母十分了解："他俩是有些许遗憾，但他们仍然爱我。或许，因为生得我比较愚鲁，故此内疚，爱我更多。"

她约了同学打水球，咚一声跳进泳池，每个暑假晒得墨黑，整管鼻子上都是雀斑。

父母都是聪明人，因此不会勉强女儿也做聪明人。

方倍边吃午餐边看报纸。

她最感兴趣的一页是分类广告，每一则都有足够魅力令她细读。

是，方倍完全不像她那对漂亮精明能干的父母。

今日，最有趣的一则小启事是一段寻人广告："你在一街与海旁路交界的红胸鸟餐馆与我交谈，你年约四十，英俊有礼，你如记得我，请电九二五三四五七。"

嗯，当时她没有鼓起勇气问他要姓名电话。

还有另一段："你见过我的小鹦鹉吗？在柏克商场失踪，绿羽、黄冠，愿付酬劳。"

啊，失去才知珍贵。

方倍读得津津有味。

然后，她的目光落在讣闻上，先看到一个小男孩的照片。她恻然，轻轻问："你怎么了？"

发生什么事？她细细读起来："尹永聪，终年十三岁，平安在父母怀抱中辞世。他为癌症奋斗一年，我们特此感谢儿童医院的医生、看护、员工。家人将于周六下午二时为他在深湾游艇会举行悼念会。"

方倍不能释怀，她看看时间："我出去一次。"

管家追出来："下雨，用四驱车。"

他们都把她看紧紧的，生怕她走脱，或是有邪恶的神灵来把孩子带走，所以古时华人替幼儿戴上金锁银锁，锁住在人间。

方倍抵达深湾游艇会，发觉亲友已陆续进来，脸容略为凄婉，可是无人流泪，各人都控制得很好。

方倍坐在一大束百合花旁边，有人过来招呼她："你是永聪的补习老师吧，我是他小舅。"

那年轻人给她一杯矿泉水，坐在她身边。

那日下雨，空气特别清新，使方倍觉得有点凄凉。

年轻人说："别难过，他没有痛苦，家人十分爱他。"

方倍脱口问："他最喜欢的科目是什么？"

"英式橄球。"

方倍微笑，她低声问："是怎样发觉病源？"

"一日在学校草地，球打到他太阳穴，他当场晕厥，送到医院，检查后发觉脑里有肿瘤，做过两次手术，终告不治。"

"那边是他父母吗？"

"那是外公外婆，即是我爸妈。"

方倍点点头："都还那么年轻。"

"永聪有女朋友否？"

"他曾对我说，他仰慕一位少女补习老师，那是你吗，请问你尊姓大名？"

方倍连忙回答："不不，那不是我。"

"但今日只有你一个补习老师来悼念会呢。"

这时，长辈叫他，年轻人走到亲人身边去。方倍欷歔，她留下些许现款捐赠儿童医院癌症科，悄悄离去。她十分肯定尹永聪已经安息。

回到家，她忍不住写了一篇小小文字，平实忧伤地写给永聪，告诉他，家人是何等勇敢坚强。

这类题材最不好写，可是，世上没有容易处理的作文题目，社会越是文明，感情越是内敛，夸张的悲悼与爱却都叫人发笑。

但是方倍简单的文句真挚诚恳。她写完之后，传真到报馆去。

然后，像所有放暑假的少女一般，忙她自己的事去了。

她对管家说："我昨夜做梦，在一间光线幽暗的时装店挑选新衣，我从未见过那样多华丽新颖不落俗套的漂亮衣裳，眼花缭乱，美不胜收，而且售价廉宜，我挑了一大堆，欢欣莫名。"

管家看她一眼："在我们家乡，那是象征挑选夫婿。"

方倍诧异："是吗，多么有趣。"

"你可有挑中一件白裙？"

"没有，都是彩色缤纷，有些还钉着亮片。"

"你做有颜色的梦？"

方倍笑答："我的梦全部七彩。"

"有这种事，让我去问问长老。"

方倍说："瓜，"她一直这样叫管家，"这个'瓜'字，是唯一在普通话、粤、沪三言中发音几乎一样的字。"

管家恻然："那许多方言，你们不觉痛苦？"

"所以我们特别爱诉衷情。"

"那些方言，都类似吗，都容易听懂吗？"

“好似法语与英语之别。”

“难为你们了。”

就在这个时候，同学坤容来电话找她，声音急促：“方倍，沪语是否即上海话？”

“是，有事吗？”

“你谙沪语，请即到西区医院急症室来一趟，有一小女孩需要翻译。”

方倍知道坤容在医院做义工：“是何种案件？”

“你不会想知道。”

“我不知如何帮忙？”

“她父亲枪击女儿后企图自杀，七岁的她当场晕厥，胸部中弹，万幸救回一命。”

方倍一时没听清楚是万幸还是不幸，她答：“我马上来。”

管家急急说：“你爸妈今日在家吃饭，有话同你说。”

“耶，耶。”

管家啼笑皆非，自三岁起，她叫这小孩收拾玩具，小孩就如此敷衍她，“耶，耶”，至今不改。

方倍赶到医院，只见坤容欢喜地说：“翻译来了。”

医生与看护齐齐叮嘱：“不要刺激伤者，有什么话，慢慢说。”

方倍点点头，一个年轻警察迎上来：“我想录口供。”

方倍见他是黄种人，便用普通话说：“小孩伤势如何？”

谁知警察答：“我是韩国人，不谙中文。”

方倍改用英语：“我会尽力做。”

方倍知道医院好比联合国，拥有五十多个义工翻译。

小女孩躺在病床上，静静不出声，紧闭嘴唇。

方倍轻轻走近。

百忙中方倍也有备而来，手中拿着一本中文成语故事。她坐在小女孩身边，打开七彩图书："精卫填海，这故事你听过吗？"她悄悄地说："还有蜀犬吠日、草船借箭、曹冲称象，都是好故事。"

小女孩不出声。

韩裔警察紧张问："你真会说她的方言？"

方倍转过头来："你们怎样得知她是沪籍？"

"居所中有身份证明文件，一家三口九个月前移民抵埗，此刻女孩母亲不知所踪，许已返回本国。"

方倍轻问女孩："你有上学吗？"

女孩仍然不出声。

方倍知道这绝非好现象，问了几个问题，然后像自言自语般说："你爸爸伤势稳定。明白稳定的意思吗，那即是渐渐会恢复健康，同你一样。"

本来她想说，"你爸枪法不准"，可是终于忍住。中外有别，华裔不会欣赏黑色幽默。

方倍叹一口气，人生磨难林林总总，没完没了。

小女孩张嘴："爸爸……"

"你叫朱昌是吗，你知道妈妈在哪里？"

韩裔警察又说："这是何种方言？像似鸟叫。"

方倍不去理他："在家爸妈叫你什么，小朱，朱女，小昌？"

女孩轻轻答："曰曰。"

"呵，多别致动听，是曰曰，并非日日。"

警察问坤容："她们说什么？"

坤容答："我来自广州，你得像我一般加点耐心。"

方倍说："警察先生想问你当时情况，你可以说一说吗？"

女孩答："我什么也没看见，我在被窝里。"

方倍轻轻翻译。

女孩又说："我爸爸不是坏人，他不会伤害我。"

警察问："是他握着枪吗，是他开枪吗？"

女孩答："我只听见噗地一响，我什么也不知道。"

方倍好像被人击中鼻梁，险些落泪，她轻轻问："你痛吗？"

小女孩倔强地答："不痛。"

"平日，爸爸爱惜你吗？"

"有好吃的，一定先给我，又教我功课，陪我去公园。"

看护进来："今日就这么多。"

方倍点点头，坤容过来道谢，她一转头，看到那年轻警察还没有走，他走近她。

他自我介绍："金彼得。我很钦佩你，我已不会说家乡话。"

方倍不想多话，只是微笑。

"现场同事告诉我，案情可疑，该处找不到凶器，而且，鉴证科有可靠线索，那父亲不是凶手，当时公寓里肯定有第三者。"

方倍脱口而出："抢劫？"

"正侦查中，王小姐，我们或许还需要你，那小女孩似信任你，或许你可以继续帮忙。”

“我明白。”

他的电话响起，待他再抬头，方倍已经离去。

他有点怅惘。

方倍回到家中，父母正在商议家事，见到她，高兴地说：“女儿你回来得正好，我们在开会。”

“可有会议章程？”

王正申点头：“会说话了，懂得调侃父母，大跃进。”

“快来坐下，我们要到美国工作一年，希望你一起来。”

方倍立刻举起双手：“我不去。”

“小倍，这是吸收生活经验的好机会。”

“对不起，我无需那样丰富资历，我住在小镇就很满足。”

王氏夫妇沉默一会，然后，孙公允抱怨丈夫：“都是你给她太多自主。”

王先生说：“女儿，我真希望你与我们一起工作。”

方倍答：“我读心理学，帮不上忙。”

“呀，心理学，弗洛伊德认为人类每一个行为都有内在原因。”

孙公允问：“那个用狗做条件反射实验的俄国人叫什么？”

方倍微笑：“巴甫洛夫。”

王先生说：“华裔并不注重心理这回事，人人照着一本书行事：孝悌忠信，对朋友要有义气，还有尊师重道，除此之外，都是邪魔鬼怪，以打骂治之。”

王太太看着女儿：“你不愿随父母工作，又是何故？三年前我俩往华南半年，你亦不曾随同。”

“心理上来说，有何不妥？”

方倍答：“我性情不近。”

“愿闻其详。”

“上次，你们往华南帮一个富商重建他家祠堂，我看过图片，做得像庙宇一样华丽。”

“小倍，那是得奖作品。”

“个人崇拜，那笔资金原本可捐赠希望工程。”

“那位业主的确有办学筑路。”

“可以捐得更多。”

王太太点头：“你不喜欢资本家。”

王正申说：“这次，我们替一位华裔太太维修一幢价值三千五百万美元的镇屋，那是她报业巨头丈夫送她的礼物，感谢她为他生下第二个女儿。”

生孩子得奖品？方倍忍不住笑。

重赏之下，必有勇妇。

她答：“是，我听过这件事，那先生比他妻子大一百年，他前妻的子女已经六十多岁。”

“你来看看，你会喜欢。”

“我有时间会去探访你们。”

方倍跑上楼去。

王正申问妻子：“她吃过饭没有？”

王太太答：“你勉强她，她哪里还有胃口。”

“这小孩真怪，说起来仿佛矫情，但她的确对世俗名利毫无兴趣。”

管家出来收拾，听见了插嘴：“你俩真幸运，小倍至今未曾烫过头发穿过耳孔，也还没有男友，她生活似清教徒。”

孙女士问：“这是像谁？我少年时虚荣至极，一天到晚希冀出名。”

“我想拥有一辆银身红里的跑车。”

管家叹口气：“我渴望嫁个有钱丈夫。”

王太太问：“会否因为小倍什么都有？”

管家嘿地一声：“一个人怎么可能什么都有，贪婪是人类天性，小倍知足，这是她最大优点。”

王先生点头，“人类若不贪婪，哪会有电灯，还在点煤气。”

“不，茹毛饮血。”

大家笑起来。

王太太对管家说：“那么，未来一年由你照顾小倍了。”

“别担心，我们一向相处融洽。”

王太太说：“我希望她转读专科。”

管家声音严肃起来：“她是她，她已做得很好。”

王太太说：“是，你说很对，我十分明白。”

她心中不无遗憾：女儿并无不妥，但，却不是优秀杰出的女孩。

与她不同，她十九岁就取得第一个国家奖项。

王先生过去轻轻握住妻子的手。

孙公允抬头问：“这孩子像谁呢？”

方倍房间与整幢房子的简约优雅设计完全不同。她占着整个顶楼，一张乒乓球桌上摆满功课，地上堆着书籍、三部私人电脑、电话电视、运动器材，把数百平方尺挤得满坑满谷。

私家小露台上还有喝下午茶用帆布椅，夕阳西下之际她最爱坐在那里看风景。

第二天早上，管家来替她打扫，“你没约会？”

方倍摇摇头。

“换上花裙子，约同学去吃冰，去。”

“他们拉队到墨西哥去了。”

“全体？我不相信。”

方倍正在看报上讣闻：“纪念：大卫，十年了，未能忘记你的笑声，我听到你侄儿汤默斯大笑，我知道他完全像你。妈妈。”

方倍把小启递给管家读。

管家恻然：“人生磨难无穷无尽。”

“可怜的母亲。”

管家放下报纸继续吸尘。

“妈妈说我不知像谁，我会似叔父吗？”

“你叔父在大学做系主任。”

“那我也不似他。”

这时电话响，方倍去听：“是，我是王方倍，是我曾经给贵报投稿，啊，该稿将于明日刊登，太好了，家人向我致谢？”

管家悄悄退出门外。

编辑约方倍面谈：“随便你说个时间，我们希望继续得到你的稿件。”

方倍意外：“我下午三时可以到报馆。”

“你找冯乙好了。”

到达报馆冯乙迎出，他是个年轻人，平头方脸，白衬卡其裤，看到方倍，他意外：“是你？”

方倍微笑：“是我。”

“请坐，你写得很真挚，编辑部十分喜欢。没想到你是少年，还在读书吗？”

方倍交出学生证，他看过：“失敬，可以约你写散稿否？笔名也替你想妥，叫方舟如何？容易记，好上口。”

方倍踌躇：“我对自身写作能力并无信心。”

冯乙笑得弯腰：“你是唯一会那样说的人。”

“我没有把握定期交稿。”

“对于这点，做编辑的我倒有丰富经验。”

方倍见他如此幽默，不禁微笑。

冯乙相当起劲，他说：“我替你想好了专栏名称。”

方倍好奇，她也热心起来：“叫什么？”

“叫‘众里寻他’，你明白吗？”

方倍点点头，回答：“ICQ。”

冯乙本来怀着一丝希望，明知不实际，也盼望听到这土生儿说“众里寻他千百度，蓦然回首，那人却在灯火阑珊处”，他当然失望了。

他愣住一会，定定神：“是，你讲得对，人物素描，大城小景。”

“我愿意学习。”

“太好了，预约每星期一篇，你要督促自己。”

“万一没有题材呢？”

“请你思考。”冯乙指指他脑袋。

方倍愉快地答：“明白。”

“谁教你中文，是父母吗？”

方倍据实答：“我在中华文化中心办的中文班读了五年。”

她告辞，走到门前。因为高兴，她跳跃一下。

冯乙的同事看着少女背影：“她有写作天分？”

“真正有天分的人极之罕见。”

“那你是渔翁撒网。”

冯乙说：“她具备条件，她的文字有细节：游艇会里的悼念会，季节气候时间气氛，带出短暂急逝生命，祖父母颤抖打皱的手握谢每个来访客人，向他们道谢……很动人。”

“冯乙，很少听你赞人。”

“是，愿意写中文的人越来越少，都认为缺乏前程，尚未动笔，便艳羡英文书动辄畅销三千万册。”

“不是时常讥讽畅销书吗？”

“英文畅销书不一样。”

“心思如此复杂，怎能静心写作。”

冯乙答：“那孩子单纯，她毫无杂念。”

ICQ，冯乙苦笑。

他担任当地一份华文报编辑已有两年，刊登社团消息及图片实在已经生腻，希望得到新血。

谈何容易，在学校里他们还得兼顾英法两语。

可是因为教学方式轻松，他们并不觉得特别辛苦。

原来只是个小女孩，中文系出身的他颓然。

方倍回到家，神气活现地对管家说："从今日起，我的名字叫方舟。"

管家正在签收一只大纸箱。

"这是什么？"

"巴黎寄来的古董，你母亲的收藏品。"

这时孙女士兴奋地推门进来："寄到了吗，让我看看。"

她拆开检验，原来是两幅玫瑰图案染色玻璃，她小心翼翼朝阳光举起："小倍，这是路易康复铁芬尼的玻璃窗，一共十六幅，我都拿下了。"

孙女士吁出一口气，转让给客户，从中获利。

孙女士在近郊租了一间货仓，堆满类似宝物，囤积居奇。换言之，她是个小生意人，手法有时颇为腌臜。

方倍曾经见过从巴厘岛运回的檀香木古朴雕刻大门，原来属于一间庙宇，又有庞贝古城找来的一块碎石拼图，是小小爱神丘比特射箭人像，此刻，它们都跑到富豪的家里去了。

只听得母亲问："猜猜这些染色玻璃会装置在什么地方？"

方倍想一想："浴室。"

"是一间兰花种植暖室。"

管家称赞："那多美。"

"是，暖室朝东，每天太阳升起……"

小倍没听下去，这些都是身外物，她没有兴趣。

她回到房中，问编辑部要了些资料，坤容的电话又来了。

“有空吗，记得那个叫朱昌的孩子？”

“她怎么了？”那张小脸烙印在方倍脑海。

“她一直叫妈妈，你可以来看她吗？”

“案情发展如何？”

“原来她母亲嗜赌，欠下大量赌债，债主持枪上门，那母亲逃逸，父女遭到枪击。为着家声，丈夫还得替妻子顶罪掩护。”

“荒谬。”

坤容也这样说：“幸亏到了你我这一代，已不知面子为何物。”

“抓到凶手没有？”

“没有，那女子丢下家人不知所踪。”

“我马上来。”

方倍走进病房，看护正在替小孩解换绷带，尚未发育的胸部伤口是一个洞，即使痊愈，也是终身疤痕残疾。

看护像是知道她在想什么，轻轻答：“可借助矫形手术。”

方倍不出声，握住小朱昌的手。

看护又说：“人类总有看得到或看不到的伤口。”

方倍点点头。

朱昌说：“姐姐你来了。”

“是，我给你带来《星球大战》影碟。”

朱昌立刻被主题曲吸引：“姐姐，说些什么？”

“旁白说：许久许久之前，在一个老远老远的银河系……”

朱昌兴奋，暂时忘记苦楚，捧着小小液晶荧幕欣赏。

方倍写了一篇散文，题目就叫《在一个遥远的银河系》。

刚预备修正，身后有人说：“给你带来咖啡。”

原来是警务人员金彼得，他穿着便装，一脸阳光。

“谢谢。”

“听说你在这里，顺便过来看看，案子已经侦破，疑凶落网。”

“朱太太欠债多少？”

“连利息一共七万美元，警方已逮捕高利贷。”

这笔债一辈子还不清。“找到朱太太没有？”

金彼得摇摇头：“这孩子恐怕要交给儿童所。”

方倍心痛：“呵，千万不要。”

金彼得无奈：“社会福利署已经插手。”

“她父亲并非凶手，为何要交出女儿？”

“可是他身受重伤，没有能力——”

这时看护推进一个坐着轮椅的男子。

朱昌叫出来：“爸爸。”

那父亲拥抱小女儿，大汉也不禁落泪。

方倍抬头：“我会替他找市议员帮忙，务必替他寻得代表律师，争取抚养权。”

那朱先生听懂了，连忙说：“多谢你们热心帮忙。”

金彼得腼腆地说：“我是韩国人，不谙中文。”

“我立刻去办事。”

方倍知道这得靠传媒大能，她致电冯乙。冯乙一听，连忙答允：

“我找华侨中心帮忙，你快交稿。”

方倍回家把稿件写出来。

管家问：“你忙什么？”

“打抱不平，即扮演罗宾汉。”

“你当心，凡是替植物动物说话都理直气壮，人帮人，却要小心种族问题。”

方倍搭住管家肩膀：“我叫传媒出面。”

“放暑假以来你反而瘦下来。”

父母出门前给方倍一张备忘录，上边写着详细指示，还附着律师会计师医生联络号码：“有事二十四小时与父母通话。”

“明白，我稍后来看你们。”

孙女士凝视女儿：“你几岁了？”明知故问。

“妈妈，二十岁。”

“为什么在母亲眼中，你永远只得六岁。”

方倍无奈：“爸比你略好，爸永远当我九岁。”

第二天方倍送父母往飞机场，原来客户派私人飞机来接王氏夫妇。

在世俗眼中，这叫做尊重，这叫做排场。

方倍走上飞机舱参观，飞机师是个年纪不比她大很多的金发女，向她介绍：“这十二座位飞机叫海湾暖流，十分舒适安全，有两张卧铺，一个厨房，通讯设备齐全。”

方倍朝父母摆手：“顺风。”

小小飞机朝蔚蓝天空仰冲上去，地勤人员向方倍笑说：“有钱真好。”

方倍也客气地回答："那不是我。"

她把车朝家驶回去，忽然心血来潮，她找出电话，拨过去："我是《新明日报》记者王方倍，请问，你找到红胸鸟餐厅那个人吗？"

原先以为那位女士不愿回答，谁知她毫不犹疑告诉陌生记者："我没有找到他。"声音里有许多遗憾失望。

"可以来采访你说几句吗？或许我可以帮你。"

"舍下十分狭窄凌乱，孩子吵闹顽劣，不过有什么关系呢，你过来吧，地址是六福路三七三号。"

方倍立刻把车子转弯。

六福路是中级住宅区，治安普通，妇女要分外当心。

一按门就有人来应门，一个略胖的年轻女子说："我是阿琳，你是王？"

她们互相握手。

屋内并不如她形容那样不济。她有一个幼儿，坐在高凳上吃胡萝卜。

阿琳颓然坐下："你读到广告，他却没有。"

"广告只有两行细字，不易看到。"

"我不敢刊登半页纸。"

"我帮你写一段特写，或许他会看见。"

阿琳扬扬手："算了。"她斟出红茶，刚刚烤好的巧克力饼真香脆可口。

她说："我是个单身母亲，在家工作，缝制设计女装晚礼服，兼照顾一个小女儿。我没有机会接触男性，我深感寂寞，我并非轻薄女子。”

方倍却微笑：“女子偶尔轻薄又有何妨。”

阿琳一怔：“你似乎是个明白人。”她笑了。

她给孩子一块饼干，孩子吃得津津有味。

“小孩多大了？”

“十五个月。”

“应该会走路了。”

“是，到处乱跑，一日，想吃冰激凌，便到红胸鸟餐厅去，碰见那个男子，或许他已有妻子，或许……”

“那男子为何吸引你？”

“他十分干净，有极友善笑容，还有，他喜欢孩子，替小琪拾起外套。”

“就那样吗？”

“王小姐，‘就那样吗？’你还年轻，不谙世事，这样的男子，已经十分难得。”

方倍笑：“相信我，我有不少男同学，我对男儿本色略知一二。”

“加上他眼神中有一种我向往的机灵神采。”阿琳叹口气。

方倍问：“可以参观你的工作室吗？”

她带记者进走廊。“这里。”

啊，方倍意外。工作室宽大明亮，两张大方桌上遍布绫罗绸缎，纸样软尺，有些已经完成大半，穿在人形模型上，美不胜收。全是跳舞宴会时穿的晚服，但是它们的创造主却寂寥不堪。

“多漂亮。”

“谢谢你，我特别喜欢灰紫色奥根地纱这件。”

“都是你本人设计？”

“有些客人带了样子来，我通常说服她们用我的设计。”

“相信我，阿琳，你很快就会成名，你有天分。”

阿琳苦笑：“承你贵言。”

方倍带着照相机，顺手拍了几张照片。“你是华裔？几岁？移民多久？”

“家母来自汕头，我不谙中文，今年二十九岁。”

“我帮你写篇特写，如获刊登，可能那人会看到。”

“你真是好心人。”

“举手之劳，不用客气。”

阿琳忽然说：“大家都是手作者。”

方倍这才发觉：“你说得对。”她叹口气，缝纫及做特写是何等相似的工作。

回到家，她开始写这篇叫做《当你寂寞时候》的人物素描。傍晚冯乙收到她的稿件，给她意见。

“首先，中文里没有‘当’这个字眼，那是英文文法。”

方倍不服气：“首先，中文开头都是用之乎者也，接着，章回体跑出来，后来，又演变成白话文，今日，渗入外来语，有何不可？”

冯乙意外：“唷，你还知道得不少。”

“那么，猜一猜，我家一共三兄弟，其余两人叫什么？”

方倍冲口想说甲乙丙，可是脑筋一转，题目哪有如此简单，她略加思考。

“嗯，上大人，孔乙己。”方倍松口气。

“你十分聪敏。”

“谢谢你，请把特写读完。”

“下星期三刊出。”

“我会知会当事人，她一定十分高兴。”

“或许你还可以告诉她，当日她在红胸鸟餐厅遇见的人，正是我，叫冯乙。”

“什么，是你？”

“是，我记得她是一个鹅蛋脸丰硕的美女，左颊有一颗痣，极短发，那小女孩约一岁余，梳两角辫子。”

“你为什么不早说？”

“我把那则寻人小广告也找出来读过，可惜不是登在我报上。”

方倍十分兴奋，不过小心翼翼：“冯乙，你可有家室，或是要好女友？”

“两者均无，光棍一条，去年女伴因我没有出息抛弃我，我心仍在滴血。”

一听就知道是个文人。

“冯乙，我帮你俩安排约会。”方倍兴致勃勃。

“呵不，我不想与她有普通朋友以外的关系。”

方倍失望得张大嘴，众里寻他，好不容易找到此人，该君却婉拒约会。“为什么？”

他轻轻答：“她是一个单身母亲，爱屋还需及乌，我哪有这种能力。”

“孩子可不是乌鸦。”

“这是一种比喻。”

“你嫌她身份？”方倍顿悟，“我猜你一早就看到那则小启，你不想行动，你计算得失，你觉得不值。”

他不出声。

“冯乙，感情怎可用算盘，你会损失一名红颜知己。”

他仍然不出声。

方倍一气，咚一声扔下电话。在她眼中，阿琳并无不妥：自力更生，又有脑筋，那小孩活泼可爱，不是任何人的负累；可是很明显，工心计的男子却不那样想。

他们觉得与阿琳配对是种委屈。

这些人全部该掉眼镜。

方倍代阿琳不值。

这下子，怎么向阿琳交待？

方倍必须想个对策。成人的世界便是如此尔虞我诈，虚伪不堪，方倍，欢迎成为它的一份子。

过两日，特写刊出，最惹人注目的是阿琳设计的那袭灰紫色奥根地纱裙，据说漂亮得叫报馆女同事倒抽一口冷气，各人立刻决定要定做一件。

阿琳向方倍道谢。

方倍讪讪问：“收到许多电话？”

“接到若干订单，有人订制圣诞舞会晚服，我忙得透不过气来呢，真没想到你的文字有那么大魅力。”

“别客气，是你的真材实料。”

“真可惜要推却一些生意。”

也好，收之桑隅。方倍灵机一动：“阿琳，雇伙计帮手，来者不拒，扩展营业。”

“什么，我？”阿琳似十分意外。

“是，你家有足够地方请两个临时工帮着钉珠片剪线头，否则你一个人怎么忙得过来。”

“对，对，我怎么没想到。”

“记得吗，雅诗兰黛第一管唇膏在厨房用一只小锅煮成，也不过从家庭手工业开始。”

“方倍，你对我的鼓励，我十分感激。”

方倍哈哈大笑：“去，去，飞向天际。”

阿琳却问：“那人可有音讯？”

方倍顿时收敛笑意：“呵，还没有消息。”

那边有人叫阿琳。“对不起，我的保姆来了。”

才挂上电话，它又响起来，这次是冯乙。

他的声音讪讪，方倍对他冷淡。

冯乙轻轻说：“我想解释一下。”

“对，副刊改版，从此不需要我的稿件。”

“不，不，我一直没看到那段寻人小启。”

方倍嗤之以鼻：“永不解释，永不抱怨。”

“况且，我心里早已有一个人。”

方倍意外：“呵，是吗？”这倒不好怪他了。

方倍脸上肌肉松弛下来，这倒情有可原。

“方倍，那个人是你。”

方倍跳起来。什么？这是第一次有异性向她表示爱慕。

“我先是喜欢你文字真挚，然后，第一眼看到你就欣赏你气质清秀，所以，不打算另外结交女友了。”

方倍缓缓放下电话，她不知道如何应付。什么都有第一次，这便是她的第一次。

在学校她重女轻男，时时叫男同学难堪，冷淡他们，有事呼呼喝喝，从不假以辞色。方倍没打算做友谊小姐，人缘颇差，小气男生对她敬而远之，大方男生把她当作兄弟，真没想到冯乙会对她示爱慕之意。

电话铃又响。平日，方倍甚少电话，她对某些女同学有一只耳朵永恒贴在手提电话上表示诧异，而且恶作剧地恐吓她们，“辐射，脑癌”，没想到今日听完一通电话又是一通。

这又是冯乙，他这样说：“我今年三十岁，并非广告上形容的四十岁。”

方倍在家发呆，管家起疑：“这是怎么了？”

方倍问：“男人喜欢什么样的女性？”

管家哼一声：“你读心理学，你应知端倪。”

方倍赔笑：“还是经验可靠些。”

管家坐下来：“他们都喜欢有妆奁的女子。”

方倍大吃一惊：“不会吧，你太悲观了。”

“像你这样女孩最受欢迎：父母有学识，是一对专业人士，开通，大方，又有积蓄，却没有富人的势焰架子，你本身又平易近人，斯文勤学，最理想不过。”

方倍笑起来：“这么好？”

管家端详她：“你若长得像艳星，反而吓坏男生，美女并非贤妻。”

方倍啼笑皆非：“谢谢你。”

这时门铃响起，管家去应门。

客人是坤容，她一脸倦容，坐下不说话。

管家立刻端出茶点，给她加油。

坤容说：“这奶油卷真正可口，管家你的巧手值千金。”

管家眉开眼笑地帮她添咖啡。

方倍看着好友：“你怎么了，仿佛气馁。”

坤容吁出一口气：“有一位肿瘤科医生作出统计，百分之四十七医生得知病人救治无望，仍会得流泪。”

方倍劝说：“你不如调到别处做义工。”

“朱昌可望与她父亲团聚。”

“那是好消息。”

“她母亲仍然潜逃，凶手亦未曾归案。”

“凡事往好处想，坤容，世界本非完美。”

“小倍，你便是完美世界居民。”

方倍笑出来：“你把我看得太好了，家母时常希望我把平均分提高十分。”

坤容大吃一惊：“什么，十分？怎么可能。”

“我看过她的分数，好可怕，全是一百、九十九、九十八，最低九十二，那还是法文。”

“可是伯母并无给你压力。”

“你开玩笑，坤容，看过那种分数都会做噩梦。”

“真高兴知道你亦有烦恼，平日就你一个人嘻嘻哈哈无忧无虑，举手投足不费吹灰之力便有优雅气质。”

方倍笑问：“你在说谁？”

“你家玄关地砖都自十六世纪英国堡垒运来，自幼耳濡目染，不同凡响。”

“那是家母的特殊品位，与我无关。”

“你们都那样说：家中司机保姆与我无关，可是每天都用车子往返，不用挤公车。”

“坤容你今日牢骚特多，何故？”

“我下个学期学费尚无着落，看样子得打工赚最低工资。”

方倍吃惊：“政府贷款呢？”

“今年申请比往年困难。”她双手捧着头。

“不怕，我来帮你。”

“不，方倍，穷学生有的是办法，我已决定下周起到餐馆打工。”

方倍还想说话，被坤容一个手势阻止：“你只需时时请我吃下午茶就好。”

“一定一定，随时欢迎，当是自己家好了。”

坤容告辞，管家把蓝莓松饼装在盒子里给她带走。

关上门，管家叹口气：“看，人长得秀丽，又品学兼优，可惜家境欠佳。”

方倍答："不过，也不会阻止她成为社会成功人才。"

"可是，她得多费多少力气。"

方倍笑："多劳多得，似我这般懒散，则一无所得。"

管家却笑："小倍，你无求无欲，你已得到最大福气。"

方倍一笑置之。

她打开报纸，继续寻人。

啊，她耸然动容。

"柏萨那夫妇在一九三七年五月十四日结婚，共有两名子女、五名孙儿及十名曾孙，家人与亲友祝贺他俩结婚七十周年。"哗，照片中两老精神闪烁，认真难得。

方倍立刻打电话到花店命人送上一株橘子树。

还有更比这惊人的故事。

接着一段标题是《八十年婚姻，两百零五年岁月》。

方倍惊呼："什么？"连忙叫管家来奇闻共赏。

"北区的爱路史蔑夫夫妇，他一百零五岁，她一百岁，结婚八十周年，也许是世上最长寿夫妇，祝他们永远健康快乐。"

连见多识广的管家叫出来："惊人。"

方倍大笑："爱情小说中吹嘘'爱你一百年'原来是真的。"

她俩像是在乌云密布的雷雨天看到一丝金光，快乐兴奋，搂在一起跳起舞来，半晌，又拾起图片仔细看。

方倍说："看上去不似百岁老人，就同八九十岁差不多，可能人老到一个地步，会得停止。"

"不，是他们保养得好，不过头顶已经像火鸡了。"

方倍站起来："我从没见过百岁老人，我要拜会他们。"

管家说："我也没见过，他们头发是真的吗，耳朵及眼睛还灵敏否？"

"回来我向你报告。"

方倍匆匆赶到报馆。

冯乙正在黯然神伤，忽然看到方倍出现，大喜过望，方倍把那段祝贺启示放在他面前。

"呵呵，"冯乙也笑出来，"人间有希望，你看他们，还紧握着双手呢，老先生的耳朵几乎有巴掌大，听说人的耳朵会一直生长……"

方倍笑说："请代为联络，我愿意做一个访问。"

冯乙巴不得为这名小女生服务，立刻去拨电话，表明身份，要求做访问。

半晌回复来了："他们住老人宿舍，主任看护允许我们做一个二十分钟谈话。"

"我立刻去。"

冯乙说："我与你一起，我摄影技术不错，这次不用闪灯。"

方倍笑："还在等什么。"

到了老人院，发觉整排小小花园镇屋叫做芳园，老人有独立住所，大堂左边即是饭堂及休息室，当中平房设有泳池及健身室，园子后方通往高尔夫球场。

冯乙轻轻说："像度假村，我也即时可以搬进来。"

方倍悄声回答："原来长寿与私人财富颇有关联。"

冯乙感叹："英国十九世纪初叶，工业革命时期穷人平均寿命只得二十二岁。”

方倍吃惊：“这是真的？”

“正确，数字记载在教科书中：平均五个婴儿，只得一名存活，每二百五十人，才得两个卫生间，环境恶劣，奸商得利。”

方倍不出声。迄今，资本主义已经改善，可是，社会仍然贫富悬殊。

他们坐在布置精致的会客室等候。

忽然，方倍看到一道染色玻璃门通向小小祷告室。

那花纹颜色十分熟悉，方倍肯定见过，她站过去细细观赏。呵，是，母亲说过，这是铁芬尼厂所制，可能自哪间二十世纪初华厦拆下。

接待处人员微笑：“请用咖啡。”

“呵，谢谢，我在欣赏这染色玻璃呢。”

“客人都很喜欢，这是三角洲一名工匠所制，是我们住客的儿子，价廉物美。”

不知怎地，方倍有点不安。

她取出相机，拍了几张照片。

这时，史蔑夫夫妇出来了，手牵手，与他们招呼。

方倍的注意力又扯回来，她发觉老人相当清醒灵敏，十分欢迎客人到访。

她怕老人疲倦，抢先问问题：“在你记忆中，印象最深刻有什么事？”

史蔑夫先生看看妻子：“结婚那一天，在我眼中，她与当日一般美丽。”

方倍忽然深深感动，鼻子发酸，她微笑聆听。

“还有，就是孩子们出生，我在二次大战曾出征荷兰，其余小事，都无关重要了。”

他回答得真好。

“可以握你的手吗？”

老太太先伸过手来，方倍双手罩住，觉得十分暖和。

“对我们有什么忠告？”

“诚实、相爱、努力。”

冯乙笑：“我仿佛在什么地方听过这些训话。”

大家都笑起来。

看护过来说：“散步时间到了。”

方倍知道二十分钟谈话时间已届，到底一百岁了，看护不想他们太累。

方倍吁出一口气，觉得不枉此行。

冯乙问：“你想活至耄耋吗？”

方倍答：“没想过，如像他们那样有伴又有积蓄，何乐而不为。”

冯乙说：“也许，会有点累。”

他们走出安老院，小路上两边都是玫瑰花，冯乙忽然捧起花蕾趋近鼻子深深闻那花香。

冯乙说：“我是苦出身，今日有顿悟：脚步仍不能松懈，但是，却需调剂精神。”

他们回到报馆把照片印出。方倍取了照片就走。

“喂，你去哪里，还不坐下写稿。”

“我先回家一转，很快回来。”

方倍到家走进母亲书房，看到拆开的染色玻璃已经不见了，方倍问管家可有见过。

管家答：“都带往纽约应用。”

方倍“嗯”了一声。

“叫你有时间去看他们。”

方倍答：“明白。”她回到房间，凝视照片里史蔑夫夫妇。

呵，做了八十年夫妻，彼此心灵已融汇，举手投足，浑为一体，他们俩都戴着双光眼镜，衣着丝毫不马虎，时时相视而笑。

也吵架吗，俩人肯定有相反意见，但无碍大事，经过八十年岁月，仍在一起，难能可贵。

她做好特写传真到报馆。

冯乙收到稿件：“今晚请你到星马印餐厅吃咖喱羊肉串可好？”

这是约会吗，方倍最爱吃咖喱。

专程来接，一定是约会了。

好友坤容说过，如果他们来接，一定要他们做足全套，千万不可让他们在门外乱按汽车喇叭便扑出去，要等他们上门按铃同家长打招呼。

坤容好似经验丰富，值得尊重。

冯乙六时就到了，小汽车停在路边，没有响号，走近，抬头打量王宅，然后按铃。

管家尚未收工，给他开门，请客人到会客室坐。

冯乙意外：“家长不在家？”

“他们出差往纽约去了。”

方倍取过外套，与冯乙出去吃饭。

冯乙在车上突然问："你有做梦吗？"

"当然有，时常梦见试卷发下来一字不识。"

"有没梦见野兽追你，或是找不到路回家，或是挤不上公路车？"

方倍看了他一眼："你缺少安全感。"

"心理学专家，请告诉我，老是梦见肮脏得叫人作呕的公厕，是什么意思？"

"呵，这，这不好猜测，我有一本小书，叫《详一千个梦》，可借你一阅。"

"一千个梦，"冯乙喃喃说，"听说梦见口红与梦见胭脂是两回事。"

到了餐厅，发觉有自助餐，方倍欢呼一声，在咖喱羊腿架前排队轮候，要了一大碟，吃得浑身是汗，频呼过瘾。

冯乙只觉得她可爱，心里说：我喜欢的是憨厚率直、健康活泼的你，不是什么单身母亲。

任何人看见方倍大吃大喝时愉快满足的样子都会爱上她。

他只缓缓喝一杯啤酒。

方倍问他："怎样，稿件过得去吗？"

冯乙想一想回答："真奇怪，你仿佛只认识三百个中文字，文法过分西化，措辞不算高明，亦没有堆砌的形容词，可是却吸引读者。同事为那对老人倾倒，合资送了一大盒巧克力给他们。"

"是当事人故事动人。"

"同事说最令人动容是你说到他们仍然戴着结婚戒指，经过八十年，黄金已磨得极薄，女方指环上只得小小一颗宝石像白糖般，但在旁人眼中，却无异是世上最美丽的指环，精光灿烂，令人不敢逼视。”

方倍腼腆：“哪有你说的那么好。”

她去取甜品吃，冯乙发觉她拿回一大碗冰淇淋，上边撒满许多七彩糖粒。

这样稚纯的一个女孩，却有写作才华，真叫人怜惜。冯乙真想捧起她的脸，大力在她额角上亲吻一下：“多写点，好吗？”

她食量奇大，用法语同冯乙诉苦：“我吃太多了。”

他送她回家。

在车上他问：“你知道什么叫明争暗斗、口是心非、暗箭伤人、口蜜腹剑、尔虞我诈吗？”

方倍笑答：“知是知道一些，不过从来也不需要用。”

“幸运女。”

“是，我长得普通，资质平凡，无须斗争。”

到家了。

管家来开门，对方倍说：“坤小姐等你呢。”

坤容走出来，在门前张望：“你也终于有男朋友了。”

方倍说：“那是报馆编辑。”

坤容端详好友：“我相信你，面不红心不跳，不算男友。”

“你找我有事？”

“与家母吵架，今日我不回家。”

方倍坐下来：“伯母也够辛苦，身兼数职，你何必与她过不去。”

“我几次再番同她说：别再带男友回家。”

“坤，你搬出来吧。”

“我明年打算入住宿舍。”

“我支持你。”

“如还不能，索性辍学找工作自立。”

“坤，无论如何要挨到毕业，取得学位，到政府机关领取房屋津贴。你现在可做什么，到商场卖鞋卖袜？”

坤容双眼发红：“半夜起来斟水喝，看到那男人穿内裤劈大腿坐在那里看电视喝啤酒。”

“你母亲呢？”

“做夜班尚未回来，叮嘱我对她男人客气。”

坤容号啕大哭。

这时管家进来：“坤小姐，有话慢慢说，先喝杯甘菊茶，我给你做了鸡汤。”

坤容垂头：“只有你家的人是好人。”

方倍把手搭在她肩膀上。

那晚坤容在客房休息，没有回家。

第二天早上，她比方倍早起，管家对她说：“坤小姐，你当这里是自己家好了，不要客气。”

冯乙的电话找方倍，十分兴奋：“电视台新闻跟进，做了一辑《人间有情长寿婚姻》。”

“那多好。”

“因引用你的文字，要付你酬劳呢。”

“欢迎采用。”

“我早知你落落大方。”

说了几句，方倍挂上电话。

她转头说：“你心情欠佳，与我出去办一件事，当做散散心可好。”

她俩更衣外出，方倍驾驶四驱车直往三角洲。

方倍说：“三角洲，Δ，也即是数学上‘改变’符号，像ΔT，指气温变数。”

坤容说：“那处像欧洲小镇，沿海，风景优美，是个游客区。”

方倍答：“我喜欢白石镇更多，悬崖上有红白相间灯塔，似可看通太平洋直达南亚。”

她们停好车，买了冰激凌，一边吃一边走。

坤容好奇：“你要到什么地方去？”

“彩虹路一段。”

“找谁？”

“找一名叫温带的艺术家。”

“多么特别的名字，他作画抑或雕塑？”

“都不是，他做染色玻璃。”

“呵，那需要相当大的工场。”

“也不一定，车房可改装为工作坊。”

“到了。”

她们看到一间小小木屋，白色栏杆上，钉着一面牌子，写着“温带工作室”。

这时，方倍的脸色忽然严肃，她伸手按铃。半晌，一个年轻人来开门，他穿着围裙，手戴劳工手套，看到两个少女，不由得脸露微笑。

方倍问：“可以进来参观吗？”

年轻人连忙回答：“我不授徒。”

坤容没好气：“我们是顾客，也许，可大量采购你作品。”

这个叫温带的年轻人笑说：“我是一名工匠，手作，产品数量有限，不过，我可以预接订单。请进来参观。”

他带她们走过客厅，只见会客室放着许多巨型仙人掌，十分可爱别致，来到屋后车房，只见满室天窗，光线明亮，红砖地，大木桌上有未完成的玻璃图案。

坤容看着一扇玻璃门忍不住说：“好漂亮。”

“两位喝咖啡吗？”

方倍看到他有两部咖啡机器，这名艺术家很有生活情趣。

“两位想看何种染色玻璃？”

方倍一声不响出示照片。

“呵，这是我一年前作品，一共十六幅。”

方倍脸色一沉：“费用是否高昂？”

“我觉得相当廉宜，工作超过六个月，不计材料，工酬三万元，还有一块，我捐赠给一间老人宿舍。”

坤容大惑不解，看了看方倍。

年轻艺术家咳嗽一声：“我的工资已略为上涨。”

“这确实是你作品？”

他点点头：“这块玻璃的红色特别鲜艳，我特地自威尼斯订来。”

“多谢你招待。”

“我从不刊登广告，你们怎样找到我？”

方倍回答：“那间安老院有你姓名地址。”

“是，我继父住在那里。”

坤容见方倍告辞，只得放下咖啡杯。

年轻人送到门口，站在一株开满红花的棘杜鹃下：“走好。”

方倍这才回过头来：“他作品杰出。”

在车上，坤容补一句：“而且他收入颇佳，真是难得。”

方倍不出声，欲语还休。

坤容问：“这是怎么一回事？”

方倍叹口气：“出来逛逛多开心。”

她们找到小馆店吃意大利餐，露天邻座有一对年轻男女不停接吻，坤容嗤之以鼻，方倍却处之泰然。

总比打架好，她想。

坤容说：“家母也是如此，身边少不了男人。”

方倍轻轻说：“也许，她深觉寂寞，生活又处处为难她，她只想找些寄托，挨完一日又是明天。”

坤容冷笑：“你好像很了解她。”

“我也不过猜测。”

“你在暖室长大，你懂得什么。”

方倍结账，与坤容离开风景优美的三角洲。

“从这里开车一直南下，可驶到墨西哥。”

方倍答：“不，可直往南美，沿智利到火地岛，世上极南之处，不过途中需要加油。”

坤容说："我们一定要做这次旅行。"

方倍温和地说："你才说我是温室小花，我可没类此胆量。"

坤容摆摆手："算了。"

她们把车驶回市区。

坤容想回家拿几件衣物，方倍说："我那里什么都有。"

"我想取回照片。"方倍陪她上楼。

狭窄公寓，门一打开，有一股气味，像是球员更衣室的腥臭，一个中年男人大字形躺在旧沙发上。

他体形壮大，只穿内裤，扯着鼾。

坤容觉得羞愧，她说："一分钟。"她进房去拿东西，方倍明白，这许是坤容最后一次回到这个家来。

方倍站在门边动也不敢动。

那大汉忽然自喉咙里发出干涸的响声，他动了动，可是没有醒来，一只手使劲在胯下搔了几下，又再睡熟。

方倍吓得呆了，她从未见过如此腌臜场面，可是又深觉滑稽，忍不住骇笑。方倍取出相机，拍了几张照片。

这时坤容已提着背囊出来："走吧。"

她把门匙丢在桌子上，拉着方倍，头也不回离去。

"我得申请宿舍。"

方倍送坤容到学校，她走进图书馆，写了一篇《勿带男人回家》的报告，配上刚才拍摄的图片，替那男人五官打上格子，不过张大的嘴巴以原形出现。

她把文字图片用电讯传给冯乙。

坤容的电话来了："我已搬入洛逊楼三零七室。"

小小宿舍房间整洁明亮，坤容把书本笔记取出放好。

方倍说："我给你送替换衣物来。"

她到接待处帮好友支付按金及房租，又到附近商场买了衣物送上，坤容只说会尽快还钱给她，方倍握着好友双手："你可能是我，我可能是你。"祸福无门。

走的时候方倍的脚踢到一本小书，低头一看，原来是莎翁的《罗密欧与朱丽叶》，她顺口吟诵完场时爱斯克拉斯王子的悲悼词："世上所有故事的哀伤，都不及朱丽叶与她的罗密欧。"

坤容听到笑起来，可见时下年轻人并不觉这对恋人比他们更为悲哀。

方倍还有事做，她到市政府大图书馆查资料，直到傍晚才回家。

淋浴后倒在床上累极入睡。

忽然之间她看到自己从飞机场回家，双手拎着沉重行李，在家门前按铃。

半晌有人应门，却是陌生女佣，问方倍："你找谁？""这是我的家。""不，小姐，你弄错了，我们姓陆。""不，这是王家。""王家一早已售屋搬走。"

方倍大惊，一身冷汗，自床上跳起。

她奔到楼下，电话铃响个不停，原来是冯乙。

方倍喘口气，斟一大杯冰水喝下才略觉好过。

冯乙说："收到你这篇特写，哗，悲怆，揭社会阴暗，可是，照片在私人寓所拍摄，可能有法律问题，我们另外找人扮演。"

方倍不出声。

“喂，喂？”

“我累了，我们明天再谈。”

方倍用双手大力揉揉面孔。

她一夜不寐，也不觉累，可是，却收到叫人高兴的消息，是阿琳找她。

“方倍，我接到设计订单，我未来一年收入可望稳定。”

“恭喜你。”方倍由衷代她高兴。

“真没想到一切因你一篇特写而起。”

“不，阿琳，是你自己能干。”

“方倍，你将来的婚纱，由我包办，这是我唯一报答你的方法。”

方倍哈哈笑：“你太客气，不知是几时的事呢。”

“下星期我有一个小小发表会，希望你来参观。”

阿琳终于转运了，她们母女生活可渐入佳境。

“我第一时间赶到。”

接着，是父母的电话。

“小倍，到什么地方去了，整天不见人，我们已经搬入公寓，你写下这个电话号码，装修工程立即开始。”

父亲王正申的声音传来：“小倍，有一箱地砖请你代收。”

方倍脱口问：“从何处来？”

母亲说：“你签收后请速递公司转运纽约，地砖自摩洛哥一间寺院内拆除，一切来自中东，包裹引人疑宝，转一转国界比较妥当。”

“明白。”

方倍心中不安，找到美术系魏讲师谈话。

“请问伪造艺术品有什么违法之处？”

魏讲师微笑：“某画家半生作品，都模仿梵高笔触，脱不掉大师影子，可是，他称受到梵高灵感，画上签他自己的名字，售价在三千美元上下徘徊，他生活得很好，他并无违法。”

方倍“啊”的一声。

“若果他把画当做文森特•梵高的作品出售，要价一亿，又成功脱手，那么，他可能入狱。”

方倍张大了嘴。

“有时，我会在古旧摊子找到五元一只的清乾隆花盆，或是十元一只的劳力士金表，是真的吗？当然不，买主受骗了吗？没有，不过，出售冒牌货，侵犯版权，亦属违法。”

方倍不出声。

“你可是买了一只假香奈尔手袋？你得去请教法律系戚讲师。”

“不，不，不是我。”

“小心。”

“譬如说，我有一盏染色玻璃铁芬尼台灯。”

“是署名真品还是照铁芬尼款式所制？”

“款式仿真。”

“那完全没有问题，每间灯包饰店都有仿制品。”

“但是声称是铁芬尼，并且以铁芬尼价钱脱手呢？”

“十万美元买一盏灯的客人不会如此无知。”

方倍不出声。

魏讲师说下去："一件艺术品得以传世，并非偶然，它品质高超优雅，实难仿造，明眼人不难分辨真伪。"

"暴发户呢？"

"小倍，别让这些问题困扰你，你几时转到美术系来？"

方倍耳畔嗡嗡响。

幸好这段时间坤容比她更为烦恼。

方倍问好友："伯母有找你吗？"

坤容回答："她知道我在宿舍住，只轻描淡写说：'我还以为你跑出来自杀呢。'"

方倍过了片刻才说："看样子你们两人都自由了。"

坤容微微笑："不会的，一朝我有出息，仍然叫我生养死葬。"

彼此有如此充分了解，倒也难得，以后，母女之间不会有任何误会幻想。

坤容说："晚上我在健美女酒吧侍应，待遇甚佳。"

"坤容。"方倍震惊。

"每周工作三十小时，你不能想象一件缩水T恤可以带来多少小账，这是还给你的贷款，加百分之十的利息。"

"那种地方多杂。"

"不，"坤容叹息，"不会比我旧时的家更可怕。"

"你要好好照顾自己，切勿沾染毒品、酒精。"

坤容看着她："这话若由别人说出，我必定嗤之以鼻，可是你又不同，你够蠢，说话有诚意。告诉你，我那组一共五人，两个是未婚母亲，三个是赚钱交学费学生，其中一人读医科；健美女是连锁店，西部百余家分店，管理谨慎，你请放心。”

方倍啼笑皆非：“照你说，是间大公司，前途无限。”

坤容拍拍她肩膀：“有空来参观。”

方倍担心：“对功课有影响吗？”

“小倍，我一向比你专心。”

“以后还会去医院做义工吗？”

“星期一至三我不开工，每天都有时间。”

方倍羡慕：“你是超人。”

“几时来酒吧，我请你吃串烧羊肉。”

好奇的方倍查到健美酒吧地址，打探到营业时间，打算约冯乙，一起上门。

冯乙一口拒绝：“我不去那种地方。”

“老老实实，去过没有？”

“同事生日去过一次，食物美味，收费稍贵，女侍应都经过挑选，长得像芭比娃娃，多数染金发浓妆，丰胸细腰盛臀。”

方倍笑：“叫你很不自在，因此没有再去。”

“全中，你真聪明。”

他们互相揶揄，然后大笑。

“你的专栏刊家庭版，不宜访问健美女酒吧侍应。”

“为什么？”

“家庭版的读者多半是性格比较单纯的家庭主妇，很早结婚，生活正常，她们不少具有某一程度偏见，认为出卖色相是罪恶行为，会对专栏产生厌恶。”

"嗯，你深谙顾客心理。"

"王小姐，每一个出钱买报的读者都是顾客。"

"刊社会版呢？"

"王小姐，转移你的目标，我们到湖畔餐厅吃英式下午茶，你可写英式茶点起源。"

方倍取笑："淑女专栏。"

"正是。"

"编辑应当启发读者心胸及眼光才是。"

"良家妇女为家庭牺牲甚巨，每日过着沉闷繁忙生活，她们唯一的骄傲及动力即她们是良家妇女，不可能也不必要改变她们思路。"

"哗，如此深切了解读者需求，了不起。"

"三时半在湖畔餐厅见。"

但是方倍没有放弃，她有不能压抑的好奇。

她在中午时分到达市面上中心的健美女餐厅。

不负所望，女侍们都穿着缩水小背心及超短裤，秀发盘云，三围分明。

领班纳罕："小姐，你一个人？"

有人说："她是我朋友。"

方倍一看，可真巧，正是那个叫温带的年轻人。

他有一股懒洋洋气质，活泼眼神惹人喜欢。

"请坐，这里的黑麦啤酒一流。"

墙壁上挂着女侍与客人合影照片，方倍看了看，找不到坤容。

"今日歇工，到银行办事，不料一出来就遇见你一个人。"

方倍问："银行也装置染色玻璃？"

"他们要长方形灯罩，我去量度过尺寸，可能要做一年以上。"

"你怎么会对这种手工艺产生兴趣？"

"是遗传吧，家父与叔伯都是木匠，专工楼梯壁灯大门，姑母做美术陶瓷，家母冶金设计金银首饰。"

"多么有趣。"

"自幼看惯大人自由自在生活，觉得写意，故此入行。"

"你可记得一个叫王正申的客人？"

他微笑不答。

"孙公允呢，是一位女士。"

"客人的端倪，不宜透露，请你见谅。"

方倍表示谅解，没想到他早有戒心。

"不过，这次我不会平白放过你，我想得到你电话。"

方倍把报馆替她印的名片给他。

"方舟，多么好听名字，真没想到你是一名写作人。"

方倍伸出双手："我们都靠手作，自中古时代到文艺复兴，工匠地位都不差，属中产分子。"

"但在工业革命之后便稍逊。"

"不过只要是巧匠，仍然受到尊敬；可惜写作人一听到'稿匠'二字便视作侮辱，他们都爱做文学家。"

温带微笑："你呢，你是哪一种写作人？"

"我希望做一个受读者喜爱的写作人，除了尽力写作，什么也不理。"

温带拍手说：“讲到我心坎里去，不过，千万记得收取酬劳。”

方倍也笑，她看看手表：“我还有约会。”

“我送你，请别推辞，我当做一项节目。”

他对她有特殊好感。

在门口方倍问领班：“坤容没上班？”

领班答：“坤容做夜更，小费比较好，她白天上课，你也来见工？”

方倍客气答：“我哪有资格。”

领班笑了。

温带送方倍到公园。他们老远便看见冯乙站在湖畔花径上等，他朝方倍挥手。

温带问：“你男友？”

“他是我的编辑上司。”

“我们在此道别，我会给你打电话。”

冯乙迎上来，看着温带背影，轻声问：“你男友？”

“我没有男友，他叫温带，是我访问对象。”

“他的兄弟姐妹一定叫热带与寒带。”

“编辑果然喜欢摆弄文字。”

“下一篇写什么？”

“我有计划写二次大战女护。”

“嗯，歌星艾雯来访，你有兴趣访问吗？”

方倍摇头：“我不访问名人，包括歌手、演员、运动员、政客，我只访问普通人。”

冯乙忽然垂头："你看，我就是为此喜欢你。去，放胆去做你的工作。"

"有一个美国作家，他到全国访问普通人，随便在地图上发飞镖，射中何处便去那城，到埠找到电话簿即随手一指，那人便是该次被访者，每个人都有精彩故事。"

冯乙点点头："你在自由职业中还要挑最自由的工作。"

方倍笑起来。

"你父母回来没有？"

"他们要出差一年。"

"你可觉得寂寞，我能否乘虚而入？"

"暂无机会。"

这一天，日历上写着"阿琳发表会"。

方倍没想到会那样热闹。

原先以为只有三两本地记者到场，未料美国时尚电视台也莅临，顿时轰动起来，本地摄制队也赶到，场面热烘烘。

发表会方式特殊，没有艳丽舞台及嘭嘭声音乐，只由模特儿穿着设计一位位走出来，近距离由阿琳介绍，欢迎来宾触摸衣料及发问。

衣服款式全属晚装，五款是新娘礼服，深得女记者欣赏，提问不绝，像价格、需多久之前订制、颜色等等，气氛融洽温馨，像一个女生聚会。

阿琳在完场时多谢一个人："我的好友王方倍给我的鼓励。"

方倍愧不敢当，一直鼓掌，结果手心又红又痛。

她拍摄照片角度比较特别，在后台取模特儿梳头扑粉喝咖啡。原来她们全是阿琳亲友，换句话说，全是真人，所以脸形身段并不完美，有人嫌胸小，有人怨腿粗，有人恨死了早生的双下巴，气氛亲切。

方倍觉得发表会十分成功。

第二天，方倍到报馆写专栏，最后一段这样描述："阿琳有礼，站在台上，感谢每一位亲友；其实，她靠自身努力，一个遭人白眼歧视的单身母亲，终于站起来，现在，她有资格为生活拼命了。"

冯乙看过照片，奇说："这是阿琳？她起码瘦了三十磅，而且，发型服饰全部改变，再见面很难认出来。"

刚巧这时有人找方倍。

"倍，我来拿照片。"

呵，来人正是阿琳，她满脸笑容，步伐轻盈。

方倍把印好的照片交到她手中："孩子好吗？"

"在托儿所，我这就去接她。"

"阿琳，"方倍叫住她，"我给你介绍，这位是我编辑冯乙。"

冯乙尴尬得几乎无地自容，这可该如何解释？方倍似顽童，永不替别人着想，鲁莽行事。

可是，慢着。

只见阿琳抬起头，朝冯乙点点头，连向前握手的意思也没有，只客套问候一声，便转身对方倍说："我们再联络，记得来喝茶。"

她转身轻快离去。

方倍先是一怔，随即，打心底笑出来。

她笑弯了腰，笑出眼泪。

方倍由衷替阿琳高兴，阿琳已经走出寂寥，努力生活，她已忘却虚无缥缈的罗曼史。

方倍看着冯乙轻轻说："你不用躲她，她根本不记得你是谁。"

冯乙怔怔坐下，这时才知道庆幸。

"那多好，"他说，"事情不会有更好的结局了。"

方倍对他的大方磊落刮目相看。

接着几日，方倍忙做功课应付段考，她把笔记送到宿舍借坤容温习。

坤容正预备出外工作，方倍看到她打扮一呆。

坤容不算浓妆，只不过粘了假睫毛及擦上鲜红唇膏，可是看上去艳丽无比，叫人呆视。

她罩上外套，笑说："多谢你的笔记，可省下我多少时间。"

方倍问："收入好吗？"

"光是小费已够开销，一年后可专心向学。"

方倍放下心来，这还算值得。

"有一本杂志邀请我拍摄艳照。"

方倍一颗心又吊起来。

"我拒绝了。"

方倍吁出一口浊气。

坤容却说："听说年尾《花花公子》杂志会北上招兵买马，那才是好机会。"

方倍被她气坏。

坤容置了一部二手小车代步，她潇洒离去。

方倍忽然想到她读过的一段访问：一名十五岁妓女述说她首次得到

二百五十元酬劳，顿时认为得到力量。

金钱是力量。

周末，方倍挽着一篮水果去访二次大战在荷兰军营出任看护的汤默斯女士。

她说：“十八岁的我随军队出发，彼时已有麻醉剂及吗啡止痛剂，前辈同我说：‘玛丽，你不必忍受病人在清醒状况下截肢，多么幸运。’”

方倍听得寒毛直竖。

“可是战争惨况还叫我发抖，每晚失眠。有一个年轻军人，我照顾了他三天，我收到他家人的巧克力，问他要不要，他说：‘请剥给我’，我喂他吃了一粒，他说美味，当夜，他便辞世。我不记得他的名字，但是我记得他的微笑。”

方倍落下泪来。

“我军在荷兰与纳粹抗争牺牲七千余士兵，坟场由历届小学生照顾打扫，老师与家长每年说出英勇事迹，荷兰每年送郁金香花给我们，荷兰家庭免费招待老兵旅游，去年我入境时出示护照，负责官员对我说：‘女士，大战时你到敝国，无须出示护照，今日，我们也不必查看护照。’”

呵，竟这样知恩，可见民族性格确分高下。

“今年还去荷兰吗？”

汤默斯女士答：“年事已高，走不动了。”

她让方倍看她当年穿着的看护制服。

方倍握住她的双手一会才告辞。

每次访问这种伟大的普通人都叫方倍震荡，心情久久不能平复。

回到家，管家欢笑着迎出："小倍，你妈妈回来了。"

方倍本来应当雀跃，但是她却比往日冷静。

她肚子里有一大堆问题，不知怎样问，几时问，抑或不该问。

孙公允女士走出来，看到女儿，吓一跳："皮肤又黑又粗，双眼浮肿，这是怎么一回事？"

方倍上前握住母亲的手："好吗，工作进展如何，爸爸没有回来？"

"我们一切都好，净牵挂你。"

她这次回来，只逗留一日一夜，而且，要出去与客户谈生意。孙女士这样要求："小倍，与我一起见客。"

方倍立刻推辞："我需准备功课段考。"

孙公允看牢女儿："我不是征求你同意，请立刻更衣。"

管家已把淑女套装取出交到方倍手中。

方倍叹一口气，淋浴吹头化淡妆换上出客服，母亲进来看过赞道："判若二人。"

她替女儿戴上钻石耳环及钻表。

小倍陪母亲出席宴会。

客户三代土生，最近打算回乡建一所中学回馈祖国，因此联络王氏伉俪。这家人姓老，夫妇才四十余岁就被人叫老先生老太太。他们长子在斯坦福商科毕业，完全不识中文，坐在方倍身边，对她略感兴趣，与她攀谈。

"孙子即孙逸仙博士吗？"

"那是两个人，当中差两千多年。"

"呵，那么鲁迅是否即老残？"

"不，老残不姓老，还有，唐太宗也不姓唐。"

那年轻人甚觉没趣："你也是土生？"

方倍忽然叹气："你我是五十步与一百步。"

这次小老先生听懂了，他笑着与方倍握手。

他有一个好名字，叫老聪亮，他叫方倍有空去加州找他。

宴会散了，孙女士顺利得到合约："小倍，我们一起到安徽去考察一下。"

方倍诚恳地说："我敬爱的母亲，请您到建筑公司招聘适合人选，栽培接班人及合作伙伴，我有自己的兴趣及工作，请你谅解包涵。"

母亲微微变色，这次，语气比较重了一点，她说："你一点不像我，不肖女。"

方倍失去活泼，低头不语。

"我有一批建筑材料，这几日会运到，你替我签收吧。"

方倍额角冒出汗珠，她自觉食君之禄，未能忠君之事，十分惭愧。

那晚母亲提早休息，第二天一早到飞机场去，方倍在玄关等她。

孙公允面色稍霁："起来了？"

方倍驾车送母亲，途中她鼓起勇气："妈妈——"

孙女士答："放心，我爱你不能更多，也不会更少。"

方倍还能讲什么呢，可是她原先要说的，并非求母亲原谅。

"妈妈，你那些古董建筑材料——"

"对，我找到一条清朝门槛，你知道那是什么？"

方倍只得回答："中国古老房屋门口都有一条木方，拦住门口，用来阻挡灰尘昆虫之类。"

孙女士笑，"说得差不多，沪人形容一个人机灵，叫做'门槛精'：伊门槛精得来，可见跨过这门槛，是一宗学问。"

"这是一条旧木，用来做什么？"

"门槛用坚固楠木制造，把它升级，用来做横梁，也是设计。"

"你都打算运到纽约吗？"

孙公允不再回答："有空与老聪亮通电话，你们可以成为一对。"

母亲挥挥手又走了。也许，她觉得那样才是优质生活：行内知名，高高在上，收入丰富，周游列国。

年轻的王方倍看着，反而觉得累。

回到家里，只见一个中年汉子蹲在一辆小货车旁边，看见她站起来："王小姐你回来了，我叫查理，王太太吩咐你签收。"

方倍见他老实，轻轻问："只这么多？"心中有了主意。

中年人搔搔平头："王太太只叫我送一条门槛给她过目。"

方倍不动声色地问："还有吗？"

"在我仓库里。"

方倍说："大家是熟人，带我去看看。"

中年人只想多做生意，连声答允。

管家追出来："小倍，别上陌生人车子，你驾四驱车尾随便是，办完事即回来。"

方倍感激地点头。

那座仓库在郊区，方倍读报，知道不法之徒时时利用类似大型仓库做大麻种植场，一次收成三千余株，零售价达百万之巨。

方倍内心忐忑。

他们把车子停好，中年人说："欢迎到胡氏建筑材料。"

方倍走进大门，对胡氏肃然起敬，仓房面积不小，规模整齐，没想到他还亲自送货。

只见仓库分开几个部分，一个角落处理木材，另一处正替砖块加工。

方倍走近一看，吃一大惊，表面强作镇定，只见两个工人努力用细沙纸用心把每块地砖上一行字样磨掉，这几个字正是"中国制造"。

砖正面印有南美玛雅象形文字，其中一个字画成古朴可爱的豹子，自幼阅读《国家地理》杂志的方倍即时认出这个字读"巴兰"，正是豹子的意思。

这一批砖头，看样子全打算以赝品出售。

本来货真价实中国制造，磨去字样，加工，敲去角落，形成人为斑驳，再熏黑，便是古文明玛雅族古董，转售给大都会暴发户，从中获取暴利。

这批砖头最适合放在什么地方？方倍一下子想到后园泳池边喷泉壁。

她看够了。

方倍向胡氏告辞。

胡伯说："王太太的订货我会准时交上。"

他怕方倍迷路，亲自驾车领她出公路。如此周到，可知王太太真是他的大客户。

沿途驾车回家，看到公路边聚集着一小群人，方倍天生好奇，缓缓驶停了车，问他们：“什么事？”

一个少女走近，泪眼汪汪：“昨晚汽车失事，我们四名同学在此丧生。”

方倍的心咚一声跌到脚底。

那少女的眼泪汩汩流下。

“哪间学校？”

“卡臣格兰中学，他们全是应届毕业生，已蒙大学录取，周末露营回家，不知怎地，司机忽然决定在此转弯，与大货柜车迎头相撞，四人即时身亡。”

少女呜咽哭泣，她的朋友过来抱住她。

他们一群人在现场献上鲜花，贴上照片。

方倍把车子驶回报馆，先给管家一个电话：“我已回市区，待会回来吃饭。”

“一人还是二人？”

冯乙在一旁露出盼望的样子，方倍答：“两个人。”

方倍找出车祸照片细看，只见一辆房车撞得稀烂，宛如一堆废铁，货车司机轻伤，可是他惊吓过度，不能走路，记者只听见他喃喃说：“这么大货车为什么他们看不到？我刹车不及……”

车祸中受害人年龄由十八至十九岁。

冯乙叹口气，“这是世上最大的损失，试想本国栽培一个年轻人需要多少人力物力：十多年免费教育及医疗，努力发掘他们所长，好不容易成人，就将踏入社会服务，缴税，却遇上这种车祸。”

方倍说："我听说省府已经立例：一辆车里不准乘两名以上少年，除非他们是兄弟，就是要防止类似惨剧。"

"我不知详情，每年暑假总有好几宗车祸，陌生人看着都忍不住悲痛，不要说是亲友。"

"父母……"

"真残忍可是。"

"不孝之中的极端。"

"车子为什么忽然在大路上转弯？"

"永远不会有人知道了。"

方倍胸口仍然炙痛。

冯乙低头在电脑上读稿拼版，土头土脑的他一向只管全神贯注做好本分，方倍在这一刻不由得对他特别好感。

她坐在他身边，"今晚到舍下便饭如何？"

冯乙微笑，立刻警惕：阿乙，切莫有非分之想；嘴里随和地回答："好呀。"

夏季，太阳到九点多才下山。他们在家吃完面食，方倍到花店买了一大盆水仙花。

"到什么地方去？"

"车祸现场。"

冯乙轻轻吟道："美丽的水仙花，我们泣见早逝的你，如旭日未届中午——"

方倍驾车出去，只见现场只剩下照片与花束，她下车尊敬地把花盆放好，鞠一个躬。

这时她听见身后有一个声音说："是阿摩的同学吗？"

方倍回头，看到一个白发老翁。

他说："我是阿摩外公。"

方倍实在不忍，看了看那个叫阿摩少年的照片，她点点头。

"多谢你。"

方倍低声答："不客气。"

老翁说："告诉我，阿摩在课室里是什么样的学生。"

方倍凝视照片："阿摩英俊，高大，女生都喜欢他，他待人有礼，诚实，是个班长，其他同学有难题，总找他解决，他慷慨，从不吝啬时间或金钱，喜欢请客。"

老翁拭泪。

方倍说下去："教师以他为荣，同学爱戴他。"

"他们说，阿摩驾驶不小心——"

"警方正予以调查，也许是货车刹掣问题。"

"是，是。"

方倍说："时候不早了，你请回家吧，家人需要你。"

"是，小姐，你说得对。"

"你先上车。"

方倍看着老先生驾车离去，她才上车。

冯乙耐心等她："可要喝杯咖啡？"

方倍说："人生无常，我忽然觉得害怕，想回家躲进被窝。"

"这篇特写叫什么名字？"

"告诉我，他是一个什么样的学生。"

“方舟，你真会赚人热泪。”

“又名：请小心驾驶。”

“这一切都是超速之故。”

“叫外公来鞠躬，真是不该。”

冯乙送方倍回家，在门口问：“你父母可有门户阶级之见？”

“他们不是那样的人，况且，你堂堂清华门生，学识精湛，有什么好怕。”

“我英文没你的好。”

“的确，我俚语比你懂得多。”

“考一考我。”

“譬如pimp这个字，本来是坏字，指皮条客，但现在，如果说：你的打扮够pimp，即时髦入格。”

“什么？”

方倍得意扬扬：“Dude，你不知道吧。”

冯乙笑出声来。一个叫他笑，而不用他哄她笑的女孩子，到什么地方去找！

方倍说：“你的中文程度高，才叫人羡慕。”

“我教你。”

“我希望你送一本成语大全给我，那简直是华裔心灵鸡汤大全，所有做人道理都在里边。”

冯乙笑：“这个说法倒新鲜。”

“像欲速则不达，小不忍则乱大谋，吃亏即便宜，五十步笑百步，己所不欲勿施于人……真是个宝藏。何必崇洋，这些民间智慧胜过西洋哲学多多。”

“你是一个妙趣女郎。”

方倍很高兴：“是吗，你真那么想？”

一个星期后，方倍的母亲叫她去纽约。

管家说：“飞机票在书桌上，我已替你收拾了行李。”

方倍叹口气坐下。

“人家巴不得去纽约，会雀跃。”

方倍又叹口气。

“是不舍得冯先生吗，叫他一起出发好了。”

“不，不是冯先生。”

“那么，明早我送你去飞机场。”

这时坤容来找她，听见“纽约”两字，双眼发亮。

她把笔记还给方倍：“你真幸福。”

“你近况如何？”

“我搬到住宅区一间地库住，独门独户，那家人很干净，租金也比宿舍便宜。你有事，仍打我手提电话好了。”

管家又管闲事：“坤小姐，你要当心，夏天莫开窗睡觉。”

有母亲的人嫌老妈啰唆，没有母亲的人听到忠告鼻子发酸。

方倍问：“去纽约，要给你带些什么吗？”

坤容答：“到纽约不是为购物，到处走走，吸收一下那大熔锅的气息。逛大都会，现代与历史博物馆，看大百货公司橱窗布置，到大学探访……”

方倍微笑：“我请你，一起来吧。”

管家怂恿："好朋友一起旅行最开心。"

坤容犹疑："我不想打扰。"

"加多双筷子而已。"

坤容说："所费无几，我打算将来自费旅行，方倍，我是你朋友，不是你跟班。"

方倍还未说话，管家先大声赞好："有志气。"

方倍与坤容握手道别。

第二天下午她抵达纽约这个大都会。纽约，从前叫新港，稍后被英殖民政府更名为新约克郡，即纽约，沿用至今，是世界最大港口之一。

孙女士派秘书接女儿。她真的那么忙？当然不是抽不出空来，她有点过时。二十世纪八九十年代的遗风是人越忙越高贵，她一时转不过弯，一直到二十一世纪还在忙，颇为老套。

车子把方倍接到格林威治村一间公寓，一进门便看到母亲整套名贵行李箱。方倍把她的帆布袋一扔，便到厨房找冰激凌果腹。

淋浴时听见电话铃响，不予理睬，擦着头发出来，发觉是母亲在录音机留言："小倍，车子三十分钟之后即三时三十分在楼下接你，请穿戴整齐。"

母亲是管理科精英，发号施令，一流精确明晰。

方倍打开行李，挑一件白衬衫配牛仔裤，是一位著名时装设计师说的：如有犹疑，白衬衫加牛仔裤。

她看到床头几上有一条珍珠项链，便随手戴上，以示尊重。

她喜欢格村环境，等车时东张西望，到小店买咖啡，司机差些找不到她。

上了车，司机把她载到一间叫锦鲤的画廊，日本人现在把这金鱼也当做是他们的特产，叫Koi。

私人画廊作日式装修，玄关墙上有一件缠紫藤的古董和服撑开挂起，这次展览却是西洋作品。

接待员走近介绍："这是加拿大沙省五人展。"

方倍忍俊不禁：加国老是喜把艺术家扎起来一捆捆，先有七人群，再有五人展，独门独户仿佛担不起场面似的。

只见孙公允匆匆走近，她一见女儿，微微皱上眉头，低声说："不准你嬉皮笑脸，柏太太要见你呢。"

"谁是柏太太？"

"妈妈的业主即该次在客柏尔曼太太，我同你说话你总不放心上，柏尔曼先生是美籍犹太裔传媒巨贾。"

"是是是。"

这时，有人问："客人来了吗？"

一个穿黑色唐装衫裤的华裔笑着走出来："这是小方倍吗？"语气好不亲切。

方倍知道这便是母亲的大客户柏太太，连忙恭敬地称呼。

她在画廊内厅摆下茶点招呼方倍。

柏太太没想到方倍如此朴实可爱，十分喜欢。

方倍也打量这位柏太太，发觉她并不是美人，长方脸，高颧骨，狭细的东方人杏眼，褚色皮肤。有一阵子，专售给洋人的油画上，就画着像她这样相貌的家女，站在舢板上，背着婴儿。

这大抵是外国人心目中的东方美人吧。

只听得柏太太说："方倍，你一定很奇怪我为什么邀请你来见面吧？"

方倍也好奇。

这时孙女士身旁几个电话响闹不已，她说："我出去处理这些人。"

柏太太讲下去："方倍，我是你的读者，我一口气读了你七篇专访，深觉感动。我看过许多有名访问，柏氏杂志上全是肤浅的电影明星宣传，我同老头说过多次，访问不一定要揭秘，方倍，你证实了我的看法。"

方倍意外到极点。

她真的太幸运了。不不，所有读者平等，阔太太与白领女一般受到尊重，方倍只是觉得有能力得到读者青睐，是她毕生荣幸。

"你文字简单，感情真挚。开头我还以为是高手故意用素笔吸引读者，原来真是一个仍在读书的孩子。"

方倍只得说："我不小了。"

"柏氏打算收购这几家华文报，你有什么意见？"

方倍据实答："我不懂呢。"

柏太太笑："你做主笔吧。"

方倍开始结巴。

柏太太看着她说："令尊令堂八面玲珑，你却是老实户头。"

方倍一时不知是褒贬，一味唯唯诺诺。

"我不打扰你了，你游玩数天，写几篇旅游志吧。喜欢什么，同我讲好了。"

方倍没想到这么快便大赦，最怕应酬的她十分开心，打心底笑出来。

这一切，柏太太都看在眼里，由衷喜欢这个少女。

孙公允听完几个电话回来，发觉女儿已经离去。

“什么？”她十分意外。

柏太太说：“公允，都是你功劳，任由女儿意向，给她自由自主。公允，我也有两个女儿，我要跟你学习，她们无须承继家庭事业。”

方倍如甩了绳子的猢狲，一溜烟儿跑到百老汇买高价黑市票看音乐剧，散场后到爵士乐酒吧喝咖啡，最后她斗胆与黑人计程车司机吵了起来，拒付小费，痛快得难以形容。

回到公寓她好好睡了一觉。半夜，母亲回来，在床头轻轻说：“你这邋遢和尚，却讨得柏太太欢心。”

第二天醒来，方倍一早出门，到大都会博物馆。她走得足踝酸痛，在文森特•梵高画前发痴，与同场参观的美术生一起发表意见。

“萨尔瓦多•达利的功力为世人低估。”

“那是因为他宣传过度吧。”

“可见艺术家在这方面需要节制。”

“达利晚年在空白画布上署名出售，任由他人代画，他一直等钱用。”

“你有见过他年轻时照片吗，长得像阿殊安勃洛地，一点也不猥琐……”

方倍给冯乙短讯：“希望你也在这里。”

冯乙开心得在报社满场飞，心想：“她想念我，她想念我。”

方倍玩了三天，想回家。

母亲告诉她："柏太太请你吃饭。"

方倍先到那层正在装修价值千万美元的镇屋参观，只见处处拆得稀烂，但是天台上的植物温室已经做妥，那些长方形染色玻璃发挥了最美的作用。方倍默不作声，暗暗佩服母亲。

柏太太与两个女儿陪方倍吃饭，小孩会讲一些普通话，混血儿长得很漂亮，衣着随和，逗人喜欢。

不一会她们的父亲回来了。

方倍吓一跳，柏尔曼老得不能再老，背脊已经佝偻，头发全部掉光，像孩子们的太公，柏太太的祖父，可是一双眼睛，却仍然晶光四射。

方倍尴尬地低头。

柏太太亲昵地叫他老头。

他目光炯炯看着方倍："幸会幸会，你就是文章叫人流泪的孩子？"

方倍连忙站起来。

柏太太笑着按她坐下："老头，你别扫兴，你做你的事去，别在此妨碍我们雅兴。"

他哈哈笑着离去，孩子们跑过去一人一边抱着他的腿，叫他举步艰难，保姆笑着过来拉走孩子，一家人笑声更加响亮。

有人会以为这是一段买卖婚姻，可是当事人却有他们的快乐，唉，一家不知一家事，旁观者太悲观了。

柏太太告诉方倍："他九月八十一岁大寿。"

方倍点点头。

“我打算逐一收购北美洲华文报，逐一做好，不计成本，只为社群服务，你说好不好？”

方倍由衷地再次站立：“好极了，我代表华侨向你道谢。”

“老头问我三十岁要何种生日礼物，我同他表示这个意愿，我本身也是新闻系学生，在一次访问中与他认识。”

方倍静静喝茶。

饭后，她看一看时间，轻轻告辞。

“希望将来你会帮我忙。”

“柏太太你太客气。”

没料到柏尔曼也出来送客，方倍有点受宠若惊，仍由司机送回原处。

孙公允问女儿：“经历如何？”

“柏氏夫妇非常客套有礼。”

“可有提起我？”

“妈妈，我有话同你说——”

偏偏这时电话铃响，孙公允一听便失声：“漏水？我马上来。”

她那份工作也不容易，天都黑了，孙公允匆忙外出。

方倍躺在床上想：凭什么批评父母的生产手法呢？是他俩提供丰衣足食，把她养得这么大，一样不缺，学费、嫁妆，一应俱全，做女儿的感恩还来不及。

你看坤容，比她聪明，比她能干，却每走一步路均需披荆斩棘，勾得手足鲜血淋漓，更招人冷嘲热讽。

人自出生那日便讲运气的吧，幸而年轻人吃苦不算什么，也不会阻止坤容出人头地。

第二天方倍收拾行李。

孙女士问："你要回去？"

方倍点头："我急着回校追功课。"

孙公允叹口气："你这孩子到底是不是我女儿？"

方倍却拥抱母亲："是，是，我永远是爸妈的女儿。"

"你爸在亚利桑那州替一名华侨建一座空气调节设备齐全的四合院。"

方倍骇笑，亚利桑那州。

尽管匪夷所思，方倍第二天还是回了家。

飞机触地，她松口气，几乎想亲吻土地。

灰紫天空，阴凉天气，微雨，方倍顿感舒适。

管家给她开门，握紧她的手："真想念你。"

方倍送上一只手袋："运河街最佳冒牌货。"

管家笑得落泪，欣然收下。要到一年之后，她才知道，手袋货真价实，法国原装。

方倍为坤容与冯乙也带了礼物。

她先去找冯乙，一进编辑部，便看到一个年轻女子穿着小背心伏在冯乙对面嘟嘟囔囔不知说些什么，额角几乎碰到冯乙。

方倍只觉好笑：看，每一个男人都值得一些女性来灌迷汤，她有所图，他欣然受落，只要双方你情我愿，交易愉快，有何不可，何需旁人吃醋。

方倍咳嗽一声，那女子见有人打扰，怒目相视。

冯乙喜悦地跳起来：“方舟，你回来了。”

那女子悻悻走开。

方倍看着她：“是谁啊？”

“报馆新来的接线生。”

原来如此，方倍取出礼物：“看看可喜欢。”

冯乙尚未拆开便说：“喜欢。”

“你知道是什么？”

冯乙眉开眼笑：“钢笔，要不，是手表。”

“是一枚银制书签。”

“啊，我回家慢慢看，”他把礼物放在近胸口的口袋里，“做了特写没有？”

“我休息一下就开工。”

“这里有一段新闻，不过，你不妨自由发挥。”

“我看看。”

方倍把报纸取过一看，见是一段祝贺启事：“小约翰，我们的奇迹婴儿，一岁生辰快乐，爸妈（祝柏林夫妇）”，启事上端附着可爱男婴照片。

方倍笑：“咦，为什么说是奇迹？值得调查，我去看看。”

“方倍，今晚吃饭。”

“我六时许再与你通电话。”

方倍驾车经过社区中心路，发觉电线杆上有一段告示：“一千五百元赏金：作为平安交还娜拉的报酬。娜拉是一磅重金丝‘茶杯’犬，六月十七日在邓飞街与三十四路附近遗失，当时它戴着黑色领圈，圈上有水晶石拼出它名字。任何人士有娜拉消息请即电，它主人至悲想念，但求它回到家中，不予追究！”

方倍立刻决定且丢下那奇迹婴儿，先为娜拉打算。

怎么会有人说缺乏写作题材呢，不一定要待大时代来临，况且，任何时间都是大时代，因为我们就存活在这段时间里。

她照着招贴上的电话打过去，与狗主联络，狗主是位老太太，一听是娜拉的消息，十分兴奋，后来知道尚无影踪，又再泄气。

“我是记者，我帮你宣传，或者有帮助。”

“请到柏路三四七号。”

方倍驾车前往该地址。

只见前园一名老太太站在门前等她，叫方倍惊喜的是屋子整幅墙壁上十多尺高六七尺宽全部都攀满粉红色的流浪玫瑰花。这是一幅花墙，香气扑鼻，方倍连忙拍摄。

老太太说：“我姓梅，与保姆同居。”

“你的亲人呢？”

“三个子女、七个孙儿、两名曾孙，他们假期时来看望，是我不愿与他们同住，亦拒入老人宿舍。”

保姆斟出茶来。

“请帮我寻回娜拉，它已十岁。”

“我尽力而为。”

“刊登在中文报有效力吗？”

“嘿，谙中文的人泰半也懂英语，双赢。”

“拜托你了王小姐。”

方倍又立刻赶回报馆，刊登老太太背影及花墙照片。

冯乙惊问：“这是什么花！”

“真艳奇可是？有种女子，长得美，生性不定，去到哪里是哪里，亦被人昵称为流浪玫瑰。”

“小狗亦趣致，怎么可能只得一磅重。”

“那偷狗贼真无良。”

“可能打算转售给宠物店吧。”

特写第二早刊出，下午就有消息，方倍赶到梅太太家，只见老人抱着小狗笑吟吟。

保姆说：“一个金发少女把狗交上取了赏金离去，只说她也是受人所托。”

“可有报警？”

“事先说妥不予追究。”

“终于得到美满结局，以后小心。”

“是，是。”

方倍又替老太太拍了照片。

与坤容说起，她却嗤之以鼻：“世上多少天灾人祸大新闻，华南洪水为患，又不见你如许热心。”

方倍笑吟吟：“你妒忌我。”

“不是说有礼物呈上？”

“我手提上下飞机，是一套现代美术馆的名画瓷杯。”

坤容一听，忽然动气：“这种骄矜的杂物有个鬼用，你不如送我一件大衣，至少御寒。”

方倍咦一声：“你怎么知道还有最时新长羽绒大衣一件。”

坤容穿上大衣，刚刚合身，不禁叹气。

方倍搔头：“又怎么了？”

“我已辞去女侍一职。”

方倍欢喜：“那种地方，做长了没好处，到底社会始终蔑视出卖情色。”

“你们都那样讲，可是人人喜欢俊男美女，口是心非。”

“是呀，人类虚伪了五千年，往后一万年，还得继续戴假面具。”

“我已有小小一笔节蓄，以及一个男朋友。”

方倍蓦然抬头：“坤，慎交男朋友。”

“这个人你也认识。”

轮到方倍叹气：“是学校哪个不争气长不大的男同学？”

“他叫温带，拥有一档小生意，经济独立，很有性格。”

方倍张大嘴巴，她脸色渐渐缓和：“啊，是他。”

“他来喝啤酒，我俩认识，攀谈起来，他同我说：公司政策是顾客不可约会女侍，故此劝我辞职。”

方倍立刻说：“这是个好人。”

“那你不反对？”

方倍答：“坤，你离开了家孑然一人在外，你所有的只是你自己，你额外小心之外，更需额外小心。”

坤容无奈地苦笑。

方倍说：“温带至少还有一个地址，我知道他住在什么地方，可寻他算账。”

坤容说：“我可以在他铺子里逗留整天，那些七彩缤纷的玻璃，美不胜收。看他替我做的耳环。”

坤容走近，方倍这才看到她戴着一红一绿两枚不同颜色的玻璃耳坠子，设计别致，有人显然下了心思工夫。方倍心想，已经交换了信物，可见那人也重视这段感情，看样子是个好开始。

“温带说你与男朋友曾经去过他工作坊。”

方倍连忙岔开话题：“请他替我做一对玻璃手镯。”

“我正在帮他设计一连串首饰，你可知道人类自数千年前就喜欢用贝壳珠子装饰身体？”

方倍微微笑，很代她高兴。

坤容问：“温带口中说的男朋友，可是你的编辑先生？”

“不是的，他是一个很有威信的新闻工作者。”

“对不起，我忘了，你是一个有妆奁的女子，不愁追求者不上门。”

方倍劝说：“感情与学费均有了着落，说话也不必酸溜讨人厌了！”

坤容留下来吃饭，一直穿着大衣不愿脱下，十分珍惜。管家替她们斟茶递水，却也挽着方倍送的手袋不放，叫方倍啼笑皆非。

第二天，她想起那个叫约翰的奇迹婴儿，决定造访，她打电话到祝家，与祝太太谈了一会。

那年轻太太大方活泼：“你是记者，你看到我们的故事。约翰是本省最年幼的换心人，七月前做的手术很成功。”

"啊，怪不得。"

"欢迎你来采访。"

方倍到玩具店挑了一套玩具到祝家去。

祝太太迎出来，她十分健谈。幼婴与常儿无异，一般顽皮好动。祝太太掀起他衣服，方倍看到一条淡淡红印自胸至腹，已几乎完全消失，但方倍还是"啊"了一声。

他得到的，一定是他人失去的。方倍轻轻问："谁是捐赠者？"

祝太太这才收敛了笑容："对方家庭不愿与我们会面，勉强不得。我们只知是一名三岁男孩，血型并不吻合，但因约翰年幼，身体可容忍接纳不同血型器官。医生说约翰成长之后，可同时输入A及O型血液，你可以说他是双种人。"

方倍说："哗。"

"那家人很伟大，他们同医生说：每一个人都应该做的事，无须表扬。王小姐，你有在驾驶执照上填上捐赠器官一项吗？"

"我立刻补加。"

祝太太自厨房取出新烤蓝莓松饼，方倍一手一只，吃得起劲，"唔唔"连声。她就是这点讨人欢喜。

她拍了好些照片，最可爱一张是约翰淘气抢过来扯她头发，她倒在地下喊救命。

冯乙看了只觉惊栗："刚换过心脏还这么顽皮，如何应付那些健儿？"

"真吓人，三十分钟没停过爬上滚下，大人统共不用做别的事。"

"啊，怪不得出生率越来越低。你呢，你可喜欢孩子？"

方倍答："你看他们的面孔，上帝故意把他们生得如此可爱，以便他们存活。"

"可以雇请保姆吧。"

"不，不，"方倍反对，"我不信任别人。"

"那么，你愿意放弃工作照顾孩子？"

"那是很久以后的事了。"

"过了三十，即是超龄产妇，不信你问妇科医生。"

"可是近年有许多四十余岁的新妈妈。"

"去到那么尽，多么危险。"

方倍看着冯乙，忽然笑起来："我们一写一编怎么会说到这种事上去？"

冯乙讪讪："我由家母亲手带大，感觉温馨，母子无话不说。"

方倍说："我的保姆叫瓜达露比洛佩斯，墨西哥裔，自幼把我带大，所以我会说点西语。"

"我们都很幸运。"

专访刊登后，读者来信："小约翰常做噩梦吗""祝氏夫妇如何度过这个难关请与读者分享""医科惊人成就""儿童医院值得褒奖"……反应热烈。

冯乙搔着头，真没想到这个新人专栏会如此受欢迎。

这个夏季方倍过得真正舒服适意。

直至一日大雨，她自图书馆回家，一进门，便看见父母的行李堆放在玄关。

方倍喜悦地大声叫："爸，妈。"

管家出来："嘘，嘘。"

"什么事？"

"他们刚上楼，形容憔悴，说是累得不得了，需要休息，叫你不要吵他们。"

"可是身体不适？"

"我也这样问，他们说不必叫医生。"

方倍惊疑不已："几时回纽约？"

"不去了。"管家亦觉意外。

"什么？"那做到一半的工程，又如何处理？

"待他们休息过后，才慢慢问吧。"

方倍轻轻走到楼上，只见主卧室房门虚掩，她轻轻推开，看到母亲俯睡，脸埋在枕头里。

父亲呢，方倍四处张望，忽然想起客房，过去探望，只见父亲和衣躺在床上。

两人都好似打完仗，累得不能动弹。

这是前所未有的事，他俩一向有用不完的精力。

对王正申孙公允夫妇来说，倦是弱者行为。

当晚方倍满怀纳闷上床休息。

她翻阅报纸，读到一段小启事："给我美丽的母亲：八月十五日，我再也不能拥抱你，也见不到你的微笑，伤痛无限，唯一安慰是知道上主召你回家安息，不久我会再度在你怀中。爱女莉莉上。"

方倍叹口气，熄却床头灯。

就在这时，她听到主卧室发出"轰隆"一声响。

呵，方倍想，他们起来了，她刚想过去问候，忽然听见摔东西的声音，不知是什么瓷器，撞到墙上，碎成一万片。

真可惜，主卧室里每件摆设，都经母亲千锤百炼目光挑选，全属精品，有一套小小法国露丝出品流金玻璃小花瓶，可爱玲珑，不知能否存活。

每个孩子都听过父母吵架，世上有全无争执的夫妻吗？大抵没有，方倍一向不管大人的事，通常她都会躲在房间佯装什么也没有发生。

有时母亲问："昨晚你听到什么？"她通常装作茫然问："嗄？"母亲也就放心了。

不过，他们也不是时常吵架的夫妇，有问题，在早餐桌上以会议形式解决，如果再严重一点，会找来律师陪同商议。

今次大发雷霆，是罕有事件。

声响并没有停下，接着，是家具移动声，吆喝斥骂声。

"你竟如此糊涂！"

"我完全不知实情，我遭代理欺骗。"

"你不会验一验？挂在大堂中座，头顶只差几尺，你就不辨真伪。"

呵，方倍惊心，东窗事发，是那些染色玻璃出了纰漏。

"我没想到，我付出高价。"

这时，有人轻轻推开方倍房门，原来是管家。

方倍握着管家的手，她坐到床边。

方倍问："可要过去看看？"

管家摇摇头。

方倍轻轻问："会流血吗？"

"他们是斯文人。"

"是，"方倍苦笑，"你认识他们的日子比我长。"

管家问："是什么事，公还是私？"

"一向都为公事。"

私事上，这对夫妇也像合伙人一般，并无激情。

管家说："我回地库休息，你不要怕。"

管家疼惜方倍，仍当她是小孩。

她离去以后，方倍听见母亲长长叹息的声音。

父亲高声说："把那代理人抓出来向柏尔曼说个明白。"

孙女士反问丈夫："怎么说，一个犹太人对另外一个犹太人说：'柏先生，十七世纪法国水晶灯固然是仿造的，可是，府上所有古董，都是三年旧的真货？'"

如果孙氏夫妇的声音不是那样苦恼，方倍真想笑出来，这是为"上的山多终遇虎"现身说法。

孙公允颓然说："没想到柏尔曼会即时翻脸。"

"他说犹太人最恨被骗！即时发律师信叫我们停工，并且要刊登大小启事揭发我们。"

"这不是大炮轰蚂蚁吗？"

"你，都是你的错。"

孙公允忽然累了："我愿一人承担，当时你在亚利桑那，毫不知情，你速速与我离婚拆伙。"

没想到王正申这样回答："这也是办法，我立刻叫司徒律师来一趟。”

方倍大吃一惊，忍无可忍，走到隔壁房间，推门进去。

“爸，妈。”

方倍张大嘴巴，不相信眼前就是她的父母。

平日王氏伉俪永远修饰整齐美观，连方倍都没见过如此邋遢的爸妈。只见父亲一脸胡碴，白发丛生，头顶小心遮掩的部位秃开来，眼袋深大，憔悴不堪。

母亲脸如黄胆，只看到两道深棕色文出来的眼眉，五官几乎挂到下巴位置。

方倍吓得怔怔落泪。

“怎么了，”她颤声问，“我家怎么了？”

只听得母亲长叹一声：“完了，接着全是吃官司的日子。”

方倍连忙说：“不会的，不会的……”

但是她并没有信心，因此噤声，咽下泪水。

父亲百忙中安慰女儿：“不关你事，小倍，你回房休息。”

方倍提高声音，“不要离婚，不要——”

她再也说不下去，已经成年，还如此害怕父母分手。

方倍静静回到卧室。

接着，父母也再没有制造噪音。

第二天六点，管家唤方倍：“叫你呢。”

父母都坐在会客室，司徒律师一早已经来到，他们商议妥当大事，正在签名。

母亲抬起头：“小倍，你小心听着，你的生活学业均不受影响，不用担心，这里没你的事。”

母亲脸上又罩上严密完美的化妆，与昨夜判若二人，她扣紧小外套纽扣，腰围缩小三寸。

父亲头顶添了黑色发蜡，又显得年轻。

他们脸上全无欢容。

司徒轻轻说：“二人公司解散，孙女士承担所有责任，我会与柏尔曼交涉。”

孙公允说：“他定要咬死我们。”

律师答：“他也是生意人，总有转圜余地。”

方倍发呆。

王正申说：“先把大宅卖掉吧，存入小倍教育基金。”

司徒说：“我即刻办妥。”

大家静默下来。

司徒律师这时轻轻说：“公允，其实这种事……迟早拆穿……客户越来越精明……”

孙女士脸色煞白。

司徒叹口气：“我先走一步。”

方倍颤声问：“尽快赔偿，不行吗？”

孙公允解脱纽扣，剥下外套，她的胸腹赘肉扑出来顿时下垂。

她在会客室踱步。

方倍忽然意识到还有其他问题。

她浑身寒毛竖起。

她瞪着父母。

不止一盏假水晶灯吧，可能其余一切也都被揭穿了。

果然，孙公允沙哑着喉咙说："小倍，我有话要说。"

王正申吆喝她："你还想说什么？"

孙公允也再次提高声音："你别管我。"

王正申阻止："这孩子在我们家不过三餐一宿，你别烦她好不好？"

方倍越听越奇，她忽然想起，爸妈的姓名都正气凛然，正、申、公、允，但是生意手法却没遵从正确方向。

"小倍，你得有个心理准备，"孙公允低声说，"我们两人都不是建筑师。"

王正申骂："孙公允，我把你这张嘴切下来！"

"我与他只读过设计科，建筑专业，全是假的。"

方倍睁开双眼，这是噩梦，她快要醒来，这不是真的。

"开始创业的时候，有人误会我俩是建筑师，叫了一声则师，这称呼太过悦耳，我竟没有否认，一直沿称了二十年。"

王正申如泄气皮球般坐下。

方倍似金鱼般嘴开了又合，只是发不出声音。

孙公允说："王正申，人家叫你建筑师你可是没有否认。"

这时方倍哭起来。

"对不起，小倍，墙上辉煌的灯画全是假的，五千美元一张，连豪华相架。柏尔曼已查出此事，一定要叫我们身败名裂。"

把事实说出，孙女士像是松一口气，她剥下名贵钻饰，随意放在桌子上，她说："我累了，我想好好休息，别叫我。"

她走到酒柜前，挑一瓶白兰地，打开瓶塞，对着瓶口便喝。

方倍焦急："妈妈！"

孙女士抬起头来，眼光空洞，目无焦点，胸口像是已经掏空。

她回到卧室，关上门，不再出来。

方倍转身，看到父亲披上外套离去。一个家用了二十年建立，一夜之间就忽剌剌倾倒。

方倍站在屋子中央，彷徨地转圈。

管家缓缓走近："小倍，一位冯先生电话找你。"

方倍摇头："我不听电话。"

"与朋友出去散散心。"

"我不想上街。"

"小倍，你在家也帮不到他们。"

方倍抬起头，管家抹去她泪痕说："你已长大，考验你的时刻来临，坚强一点，拿出勇气。"

方倍握住管家的手："是。"

她回应冯乙电话，他有点担心："方舟，你不舒服？"

方倍喃喃说："大雨下了四十个日夜，挪亚与家人以及动物登上方舟……"

"管家说你们家里发生了一点事。"

"她真多事。"

"我可以分忧吗？"

方倍挑轻的来说："父母决定离婚。"

"啊，我马上来。"

冯乙没到，地产中介带着客人已经上门。方倍这才想起，父母已决定把房子出售。

只见两个中年太太穿着香奈儿套装，拎着配对手袋，全身装备足够为宣明会助养第三世界十个贫童十年。

她们肆无忌惮地批评着房屋间隔及装修。

"太高调了，不懂欣赏。"

"所以说装修不能卖钱。"

"主卧室今日不能进去？"

经纪笑说："纪太太、周太太，出售牌子一挂出来，就失之交臂了，如今地产朝天火热，真有意思，照开价加三万必定成交。"

"我大把房产，我不急。"

那周太太说："那你是看不上眼了，哈哈，我要吧，同业主说，意思意思，加一万，我喜欢这个海景。"

经纪说："我去同律师说。"

"主人就在房里，你同她说呀。"

经纪回说："一切交由律师处理。"

方倍发愣，她一生只住过一间屋子，就是这间高原路八三八号，卖了大屋，搬往何处？

这些年她见坤容一年搬好几次，欠了租，遭房东赶出，便急急带着行李走，似丧家之犬，东家踢，西家蹂，因为穷，人家把她们当皮球耍玩，坤太太却还要把陌生男人往家里带。

方倍一向以这间大屋为荣，家是她的定海神针，如今这个家快要不存在了。

她的耳畔嗡嗡响。

忽然有人问她："你是王小姐？你父母均是建筑师，你也读过建筑？"

方倍抬起头，不发一言，看到周太太浓妆面孔。

"我儿子也想考建筑系，平均分要多少才能入学？"

方倍，勇气呢，你的力气呢。

忽然方倍笑笑，温和地同富态相的周太太说："那看你考哪间大学了，哈佛大学亦有建筑系，倘若科学数学美术都有一百分，又有三名老师推荐，令郎又曾往第三世界救灾，那么，欢迎入学。"

那周太太知道遭人揶揄，呵一声，不悦退下。

方倍心中苦恼到极点，她想跑到丛林，大力捶胸大声呼喊。

幸亏这时冯乙来按铃，方倍拉起他的手："带我走，走得越远越好。"

"你想去何处，海滨抑或市中心？"

方倍回答："从这里开车，一直往北部驶去，我们经过育空到阿拉斯加到阿留申群岛，去到西伯利亚。"

冯乙知道方倍受了刺激，微笑回答："让我先租一辆悍马军车。"

方倍叹口气："男生口中说喜欢，是吃顿饭聊聊天看场戏散散步。可是，真要你们挑起责任，女生变成负担，可划不来，可是这样？"

冯乙看着她："你怕不怕吃苦？"

方倍忙不迭回答："怕，怕得不得了。"

"所以，我哪敢叫你跟我上车。"

"据说如今二三十岁的老青年都住在家里靠父母。"

冯乙说："我十二岁往中学寄宿就离开家里，父母都有工作，我学习独立。"

"你确实是好青年。"

冯乙感喟："可是女孩子恋爱对象与品格无关。你有听过一首歌吗，叫《换你的微笑》。那少女说，愿将一整个天空来换他的微笑，不计后果。多叫人气馁，尊重呢，责任呢，都不愿？"

管家说得对，出来散散心，心情果然好过一些。

"小倍，父母离异是父母的事，不要揽上身。"

"倘若他们分手之后我三餐不继呢？"

"那是因为你要节食减肥吧，这么大一个人，有手有脚，无不良嗜好，怎么挨饿，天无绝人之路。"

"冯乙，你真乐观。"

"我刚初抵埠，睡在一个牧师家的书房，找工作，进修，说好英语，周末在茶餐厅做侍应，晚上到球场打扫卫生间，什么都做，终于进报馆做打杂，出任校对，一年后当上助编。我不信饿饭这回事。"

方倍露出敬服神色。

"我的秘诀是'做好它'。在快餐厅洗厕所，也是一项劳动服务，不怕做，做得干净，领班眼睛雪亮，便推荐我做厨房。千万不要高不成低不就，嘴巴无敌，手脚无力。”

方倍怔怔地看着冯乙，患难见真情。

“我们从事文字工作的人，更不应惧怕艰辛。试想想，一个个字写出来，平面，黑白，要与七彩活动声响变化无穷的电子娱乐争知音，多么艰巨！”

方倍一直点头。

“方倍，你不怕，你做得到，搁下大小姐架子，更是一条好汉。”

方倍沉着下来，她握着拳头：“多谢激励。”

“随时效劳。”

“送我回家吧，我担心家母。”

回到家，看见母亲已经在签署文件。

方倍问司徒律师：“我们搬往何处？”

“我替你俩租了一间公寓，两房两厅，待风波过后，另做打算。”

“我俩？我父亲呢？”

“他回亚洲，暂时不会回来。”

方倍不置信：“他丢下妻子？”

律师说：“把他拖下水一点好处也无。”

“不是说有难同当吗？”

孙女士忽然插嘴：“不不不，有难独当。”

她笑了，笑声比哭声还难听，不过，见过大场面的她始终没有流泪，她这样说：“是我错，这是果，这不是因。”

非常快，像一块大石落到井里，急坠，轰的一声，水花四溅，已经到底，抢救再也不及。

搬家那天，方倍到图书馆，回程一时不察，竟回到老家。只见人去楼空，大门紧紧锁着，这才如梦初醒，她垂头回到公寓。

家具刚刚放妥，管家一身汗，正在替她整理床铺。只见客厅只有老房子玄关那般大小，她走到床边，轻轻坐下。

管家抹了抹汗，坐到她身边："小倍——"她忽然哽咽。这叫做家道中落，四个字解释一切。

方倍问："我妈妈呢？"

"她往日本办事。"

方倍茫然问："你睡在什么地方？"

管家再也忍不住，她哭诉："我已被辞退，小倍，以后，你得照顾自己。"

方倍要过片刻才听懂："你们都不与我住？"

管家抹干眼泪："你母亲说你不再需要保姆。"

方倍低头："她说得对，我应当照顾自己生活起居。"

"我教你用洗衣干衣机，吸尘器在柜里，厨房有炖锅，做鸡汤其实很容易，我不舍得走……"

方倍问："你有地方可去吗？"

"太太一向对我周到，五年前地方最低潮之际她助我买入一间平房。"

"啊，那我放心了。"

"她也付我丰裕的遣散费。"

方倍点点头，她忽然跳起来："我的生活费呢？"

"你放心，司徒律师管理你的教育基金，事情并不如看起来那么坏，这一切不过是防对方抄家。"

方倍不住摇头，既有今日，何必当初。

"希望过一阵子风平浪静，太太又再叫我回来。"

方倍虽然年轻，却也知道，这是不可能的事。

"我每个星期会来看你，给你处理家务。"

"不，亲爱的瓜达露比，你的责任已经完成，你不必为我担心，许多十七八岁少年留学寄宿，比我更加能干。"

"这是司徒给你的本月零用，他留下一辆小小房车给你应用。"

方倍笑："看，我这环境已经比许多人好。"

她取出笔记开始写专栏，全神贯注，做到一半口渴，抬头，才发觉置身陌生环境。她愣住半晌，突然醒悟这狭小公寓往后就是她的家，不由得悲从中来。

管家对她说："我走了，明天再来。"

"不用再来，我不会给你开门。"

"我已配多一条门匙。"

方倍急说："喂，我约会男伴，你闯进来，可大大不便。"

"那我事先说声不好意思。"

老好管家走了。

像那些绣像小说里的落难书生，至少她还有一个忠仆。厨房有意大利菠菜面及香浓咖啡，还有一大盘羊腿，她都替小倍想好了。

傍晚，冯乙咚咚敲门，他擒着白汁龙虾及素饺，满脸笑容说：“赶快趁热吃，吃饱了比较不那么愁苦。”

方倍啼笑皆非。

冯乙打量好的新居，做出吃惊的样子：“啊，方舟，你现在同我们一样了。”

方倍摇摇头：“不，”她一点也不生气，亦不怨怼，“你们比我能干。”

冯乙说：“我仍然爱你，不会更多，不会更少。”

方倍默默点头，像那些落难书生，她还有一个患难之交，夫复何求。

冯乙告诉她：“华文报获财团收购，我们换了老板。”

方倍的心一动：“是谁？”

“极之神秘，可是对我们动作情况十分了解，一上来便把两个爱在社团吃喝吹的老人家开除掉。平日我最讨厌他们剔牙的模样，此刻又觉恻然，往后，他们日子怎么过？”

方倍喜问：“你升上去了？”

“是，我心惊胆颤。”

“恭喜你，你见过老板没有？”

“我只见过公司律师。”

方倍站起来：“真奇怪，难怪律师们业务越来越兴旺，什么都借他们嘴巴说出来，普通人讲话已不算数。”

“会计部、人事部、广告部全体新人，平均年龄艰险似只得十八岁，气象一新。”

“老板最终会出现吧。”

“下星期一上午八时召见我们。”

方倍忽然抓紧冯乙的手：“这是你帮我大忙的时候了，放我进去见他一面。”

冯乙愕然：“你并非我们职员。”

“通融一次。”

冯乙想一想：“你在接待处等，一到适当机会，我打电话叫你进来。”

方倍松一口气：“谢谢你。”

“你想做我们同事，同我讲已经足够。”

方倍说：“龙虾都摊冻了，快动口。”

晚上，方倍躺在小床上看牢天花板一会，忽觉眼涩。年轻的她觉得命运如脱缰之马，已不在她控制范围，她只得无奈地鼻酸入睡。

第二天她的收音机闹钟把她叫醒：“今日阳光充沛，气温高达二十六摄氏度……”

方倍睁开眼，希望她仍然置身大宅，但是不，这不是噩梦，这是事实……她已搬到小公寓。

住所大小没有关系，她只希望爸妈仍与她在一起。

可是，母亲的衣帽间比她此刻的寝室还要大，父亲的运动室也足足占地三四百平方尺，他们不得不另外找地方居住。

过一阵子吧，一定会习惯的。届时，又存活下来，人类适应环境一向有一手，能缩能伸。

星期一，方倍天未亮就起床梳洗请冯乙接她到报馆。

冯乙是个聪敏人，再也没有问任何问题。

他这样说："方舟，原来新老板是位华裔女士，助手称她邓小姐，本来可以去打探一下，她是何方神圣，但我的直觉告诉我，那是一件不礼貌的事。"

方倍小心聆听。

"内部会议从八点到九点，招待茶点，可见气氛轻松，近散会时你悄悄不经意闯入，大家扮作不知情，你可以访问几句。"

方倍说："我终身感激你。"

"方舟，你瘦了许多，脸都尖了。"

方倍苦笑问："是吗？"

这几天，她起码瘦十多磅，以前圆圆纯稚双颊现在已经消失，眼睛却增大近倍。方倍换了样子，今日的她看上去精练，沉着，成熟。

患难使人成长，信焉。

方倍在接待处等。

第一个钟头还算易过，第二个小时叫她坐立不安。

会议室里仿佛有说不完的话，她如坐针毡，一杯咖啡早已凉干，她的胃液惊惶窜动，唉，开口求人难。

坐在门口的她一如乞丐。

方倍清晨起来，并无胃口吃早餐，到了中午，胃里呕酸，她忽然想吐，连忙从口袋掏出口香糖放进嘴里嚼动。

这一等等得腰酸背痛，终于叫王方倍知道什么叫做冷板凳，什么叫做“上山打虎易，开口求人难”。

她强自忍着凄酸，泪水几次在眼眶打转。

坚强，方倍，坚强。

正在关口，会议室忽然大门打开，报馆同事陆续走出来，人人表情舒畅，显然会议气氛及效果良好，劳资双方洽商过程愉快。

但是，冯乙忘记通知她。

冯乙见利忘义，兴奋得忘记朋友在会议室门外头苦等。

这就是朋友了，方倍的心冷了一截。

这时冯乙也看到了她，顿时一愣，像是不认得她的样子。

方倍知道机不可失，连忙把私人恩怨撇在一旁，急步抢进会议室，看到邓融正预备离去，两名助手一左一右帮她整理桌子上文件。

方倍过去称呼：“柏太太，可以让我说几句话吗？”

她们抬起头来，看住这名不速之客。冯乙本来把住门口，此刻又回转来。

邓融轻轻问：“方倍，你有话说？”

方倍连忙回答：“你记得我就好，柏太太。”她忽然哽咽，“大家是中国人……”话甫出口，马上觉得肉麻，亏她讲得出口。

邓融对助手说：“你们先出去，我与方倍说几句。”

助手与冯乙退出。

方倍鼓起勇气，清心直说：“请原谅我父母。”

邓融摊开手：“怎样原谅？”

“请容许他们赔偿，叫他们从头开始，给他们一次机会，不要告发他们。”

邓融好气又好笑：“他们叫你来？”

“我自动央求。”

“难为你了，方倍，我对你好感，才与你坦白。王氏夫妇联手欺诈客户，已经超十年。他们停工后，我以十分之一价钱，叫人完工。新年工程人员对我说，王氏提供的一切所谓名贵古董材料，全属赝品，统统伪造。你想想，客户应当生气吗？”

“是，柏太太。”

“再追究下去，更加稀奇，原来王氏夫妇根本不是持有执照的建筑师，从未 口读过建筑系，这是多么可笑的事。”

方倍低头：“柏太太，我代他们致歉，请你网开一面。”

邓融看着方倍，狭长双眼露出迷惘的神色：“你还不知道吧。”

方倍缓缓抬起头，不知道什么？

邓融轻轻说：“他们二人并未正式注册，他俩只是普通同居夫妇。”

方倍脸色惨败，这件事要由外方告诉她，实在不妙，看情况柏氏已把他们调查得一清二楚。

不料邓融接着说：“方倍，你也根本不是他们的亲生女儿。”

方倍耳畔嗡嗡作响。

“你还不明白？他们两人一生都是假，没有一件真，他们生活在幻象中，四周的人都是骗局的受害人。”

方倍全身冒出汗来。

这时助手进来说："邓小姐，我们赶时间。"

邓融取起她手提包："我要走了。"

方倍不知哪里来的力气，她拉住邓融："请给他们一次机会。"

邓融看着她，忽然叹一口气："方倍，我没看错你，你几时来担任我的主笔？"

"我——"

"你回去考虑，我也回去考虑，这样可好？"

方倍点点头。

"我们再联络。"

助手一左一右撮拥着邓融离去。

冯乙这时才说："我实在抽不出时间给你电话。"

方倍挥手答："没关系，你已尽了力。"

刚说完，她呕吐起来，胃部痉挛。她完全失去了控制，把黄胆水都吐了出来，呕得人家会议室臭气熏天。

冯乙连忙帮她善后。

"对不起，对不起。"

方倍急急离开报馆。

冯乙追上："方倍，我送你。"

方倍蹒跚走到街上，又呕起来。这时胃已空荡荡，除出黄水，再也没有食物渣滓。

冯乙推她上车，方倍眼前发黑，闭上双目。

冯乙载她回家，扶她进公寓，冲杯热茶，喂她喝下。

“好些没有？”

方倍点点头。

“你与邓小姐一早认识？”

方倍忍不住微微笑，带些荒凉意味。看这些知识青年，平日好端端有理想有抱负有见地，一碰到权贵，一个可以提拔他的人，立即不管三七二十一，尊称她为小姐，与别的臭婆娘划分界限。

冯乙认识邓融是个什么样的人吗？聪敏的他，当然知道邓小姐不过是泊到一个好码头，后台身份凌厉。商业社会，这便是一切，谁还会去理会邓小姐个人学识修养品格。

冯乙接着问：“她同你说什么？”

方倍轻轻答：“她说，她是我读者。”

“真的？你看，方舟，不枉我发掘你这个人才，以后，你要多写点。”

方倍闭上眼睛：“我累了。”

“我改天再来看你。”

方倍听见关门声。能怪冯乙吗，当然不，他已做到最好。方倍昏然入睡。

半明半灭中，她察觉管家来看她，喂她喝米粥，叫医生来诊治，医生再三保证病人不过是疲劳过度，管家不放心，在客厅过夜。

她责怪方倍：“你太叫人不放心。”

方倍不出声，她已多天没有收到父母音讯。

等到可以起来了，她做了一连串调查工作。

她查明两件事：第一，生死注册处没有王氏夫妇任何记录，换言之，他们没有生育过，王方倍的确不是他们亲生；第二，他俩也未曾在任何一省注册结婚。真难明，所有与证书有关事宜，他们都不屑正式办妥，他们是奇人。

方倍像被一吨砖块兜头兜脑打中，脑浆四溅，还怕有碍观瞻，不住向人道歉，对不起对不起，一边用手捂着头，希望还有得挽回。

没得救了。

她连哭都哭不出来。

坤容来看她，她去开门，坤容怀疑地说："我找方倍。"

她都不认得她了。

"坤容，我就是方倍。"

坤容吓一大跳：这个满面愁容，大眼机灵瘦削体弱的女孩是王方倍？

"你似换了一个人！"

方倍哭丧答："我确是换了一个人。"

坤容看到她手臂，立刻想到"皮包骨"三个字。方倍的衣服忽然大了好几码，可是此刻看到分明三围，不比以前圆滚滚。

坤容说："许多破落户子女一般活得好好，你要努力。"

方倍几乎被她气哭。

"我的意思是，你生活费与学费如有问题，我可以帮你。"

方倍发怔，六个月前，她曾经如此安慰过坤容，没想到今日她滚到谷底，要由坤容搭救。

坤容有什么办法？但是她的语气已经叫方倍放心。

坤容握住她的手："可怜，瘦成这样，必是肠胃敏感，消化不良。"

然后，坤容说到她自己："倍，我与温带计划结婚，我将有自己的家了，我将努力珍惜这个家，你是我好友，请做我家上宾。"

方倍听毕，由衷说："我替你高兴与庆幸。"

人类的因缘际遇，多么奇怪。

坤容问："你怎么搬了家，父母呢？"

方倍答："我家生意失败，父母正伺机再起。"

"生意人起落确实很大，我看报纸，常常有第二代把十多亿祖业蚀清，再欠债数亿。"

方倍看着容光焕发的旧友："恭喜你，坤容。"

"我做的玻璃首饰销路极佳，足够缴交学费及杂费。"

尽是好消息，坤容终于游上岸，她可以晒太阳了。

她这样形容："最近心情好得想联络生母，终究不敢。"

她本来想逼方倍出去吃茶，这时，电话忽然响起。

是司徒律师在那边说："方倍，我上来一会有要紧话同你说，家里如有朋友的话请他们先走。"

是什么更坏的消息？

方倍抬起头："坤容，我约了人。"

"是那编辑先生吗？"

方倍轻轻答："不要提那人……他叫人失望。"

"呵，方倍，祸不单行。"

方倍根本无暇生气："是，坤容，有空再见。"

"别忘记联络。"

方倍送坤容出门，她知道，即使有时间交际，她也必须随环境变迁换过另一批友人。

坤容离去以后司徒律师很快上来。

他一进门就说："好消息。"

方倍重重吁出一口气。

司徒说："柏氏律师说：他们保留追究权利，但是决定暂时不予起诉，换句话说，这件事已不了了之。"

方倍热泪滚下脸颊："可需赔偿？"

"他们订下一个合理数目，嘱全数捐往公立图书馆，这已是最佳结局，没想到固执孤僻的柏氏会得回心转意。"

方倍喃喃说："大家都是中国人……"

"什么？"

"我爸妈知道这件事没有？"

"已经紧急联络他们。"

"可以回来了吗？"

"要待消息完全平息。你想念他们？"

方倍想一想："司徒律师，你认识他们多久？"

"十年以上，那时，你还是幼儿，相当顽皮，一次，你爸抱怨，你把他金表冲下水厕。"

方倍骇笑。

“他们深爱你，此刻也是逼不得已，你要耐心。”

“他们从未注册结婚。”

司徒律师耐心解释：“成年人有所选择，在本国，同居三年以上，倘若分手，男女双方财产亦需对分，与注册夫妻无异。”

方倍说：“我不明白……”

司徒笑：“通常是父母抱怨不明子女呢。”

方倍只得赔笑。

司徒说：“你可以放心了，方倍，吃多点，睡多点。”

方倍点点头。

他走了没多久，电话又响起，这次是一把清丽的女声：“王方倍在吗，邓小姐想与她说几句话。”

方倍立即应了一声，她听到邓融说：“收到消息没有？”

“多谢帮忙。”

“那么，你什么时候过来做我主笔？”

“我只怕做得不好，我没有经验。”

“我就是要没有经验，不靠吹捧拍、走捷径、狐假虎威拿着报馆招牌去建立个人威信的主笔。”

“我写得不好。”

“那么，尽力写得更好。”

“我不想有编辑干涉。”

“你直接向我汇报，我每日总有看一篇文字的时间。”

方倍终于说："我今日就可以上班。"

邓融笑了，她把电话交给助手。

助手语气一如事先录音报告："欢迎王方倍加入队伍，你的职位是华文报主笔，年薪三万五千元，福利——"

方倍想：她也转运了，收入足够她缴付生活费与学费，她也经济独立了。

方倍放下心头一块大石。

写什么好呢，一支本来轻松逍遥的笔此刻有千斤重，这大抵是一般写作人最常见荆棘：一旦获人注意，文思即时艰涩，一日一篇，竭尽全力，笔画打结。

最聪明的文人以至轻松笔法写最深奥意思，最笨拙文人则用最艰涩文字写最浅白题目。

方倍决心接近读者。

她一直写到天亮，一连做了三个题目，直接传出到邓融私人电脑。

第二天方倍到学校上了三节课，发觉树叶已经深黄，渐渐疏落。

走出校门，她听见汽车响号，抬起头，发觉是冯乙。

他跳下车子，走近方倍，一脸气愤："你越级挑战，你的专栏无须我批阅？你是我提拔的人，怎么反过来咬我？"

方倍不出声。

"你回答我呀。"

方倍答："只有动物才咬人，我是狗抑或狼？"

"这件事影响我职位威信，以后我怎样做编辑？"

方倍冷冷说："有事，与邓小姐说。"

"什么，方倍，你变了，你简直换了一个人，你把我当仇人？"

方倍看不起这名一见权贵就晕头转向的小编辑。

"而且，听说你的薪水比我高。"

方倍不再回答，她一直走到停车场取车。

冯乙说："我们的友谊可是到此为止？"

方倍上车。

"倍，你还为那通应打忘打的电话生气？"

不，不是生气，而是辛酸，寒天饮冻水，滴滴在心头。

方倍把车子驶走。

她有事要做，回到小公寓，她用电邮询问全国领养机构，寻找身世。真没想到，她此刻寻找的人，竟是她自己。

有关机构的答复一一叫她失望。

方倍的身份是一个谜团，王氏夫妇没有与她联络，已有一段时间。

忽然，有人电邮给她："你在寻人？你可是要寻找此人有关资料？我们可以帮助你。我们拥有大量私人档案，收费特廉——人名：每宗二百五十元；机关：三百五十元。"

方倍想一想，打进信用卡号码及二百五十元限额，以及"现任传媒巨子柏尔曼太太邓融"数字。

答复："请愿书允许三十分钟搜查时间。"

方倍静心等待。

她要查究的人不是她自己吗，怎么变成邓融？一切由邓融而起，这样做是正确逻辑。

消息来了："邓融，华裔美籍，二十六岁，国际传媒巨子艾萨柏尔曼第三任妻子。两人育有二女，现居纽约长岛。邓女士声称祖籍上海，但是该市并无她户口，又自称在师范学院毕业，但该校并无邓女士入读记录。邓是神秘人物，现拥有财产达美金七亿以上"。

方倍呆视电脑荧幕，忽然之间她爆出笑声。

她哈哈捧腹大笑，直至流出眼泪。

真想不到无独有偶，邓融与王氏夫妇一般神秘：出身、学历、婚姻，都是谜团。

"邓女士如何结识柏尔曼？传说纷纭，柏尔曼前妻所生成年子女共三人，均反对该宗婚姻，亦拒绝邓女士加入董事局，邓女士另起炉灶，计划收购北美大埠众多华文报。"

方倍收敛笑容，呵，邓融也是受孤立人物，可见什么都要付出代价。

不过，她有她的社交圈子，不知多少人愿意追在她身后叫邓小姐，她不寂寞。

"邓融为人低调，纽约联络地址如下，上海最后一次住所如下，假使还需要更多资料，请与慧眼侦探社联络。"

方倍抬起头，她再一次用信用卡付款，要求对方提供王方倍资料。

这次，答复说："此人名不经传，不在我们档案之内。"

方倍觉得娱乐性实在太过丰富，不禁又一次大声笑了出来，这便是互联网骗局。

但随即网站又打出“退款”字样，叫方倍觉得盗亦有道。

她坐下来想一想，决定亲身前往华南。

方倍孑然一人，无牵无挂，取过背囊，立即可以出发。

管家来收拾家居时，方倍请她坐下，端上一杯茶。

那老好人问：“什么事？”

“请问，你到王家工作有多久？”

“开始是我阿姨，后来轮到我，一共二十年。”

“你第一次见到我，我有多大？”

“一岁，刚学走路，相貌可爱，一头浓发。”

“父母疼爱我吗？”

“是我见过最佳父母，两人在家设置办公室，与你寸步不离，达三年之久。”

方倍点点头，瓜达露比也知得不多。

管家离去之后，方倍取出她的出生证明文件细看，毫无破绽，但是文件上所述圣文生医院产科却没有王方倍出生记录。

方倍困惑得食不下咽。

这件事最好是问王正申与孙公允夫妇：“爸，妈，这究竟是怎么一回事，我已成年，请释我疑团。”

她找司徒律师，秘书这样说：“司徒在旧金山办事，一星期后才返。”

方倍决定趁感恩节假期出发。

她找到冯乙面谈。

几日不见，冯乙脸容憔悴，黑眼圈，乱头发。他为方倍神伤。

他说：“你。”

“是，我请假五天，到华南找一个人。”

冯乙见方倍只谈公事，便这样说：“如果为着专栏题材，可开公费。”

方倍答：“一半一半。”

“我找摄影师陪你去。”

“我会拍照。”

冯乙不得不清心直说：“我不放心你，我又不能告假陪你。”

方倍想一想：“那人需熟悉环境。”

“我找上海人扬子协助你。”

冯乙推开门喊一声，一个机灵的大眼睛小伙子立刻跑过来，冯乙吩咐他几句，他不住点头。

冯乙对方倍说：“记住，报馆每日等你专栏。”

方倍答：“明白。”

那扬子本想滑头滑脑恭维说“方姐我自小拜读你文章”，可是停睛一看，发觉方倍比他还小几岁，立刻机警噤声。

他收起江湖腔：“我妻小都在上海，冯总给我机会回家探亲呢，他们正在办手续来加。”

方倍笑问：“你对上海了如指掌？”

他搔搔耳朵：“有些门路啦。”

“还等什么，一起去订飞机票。”

下午他们就出发了。

扬子一路上滔滔不绝："一个人有一个人好，你看，说走就走，四处为家。方舟，这次你住我岳母家，千万别客气。"

"你太太有工作吗？"

"伊噱头老大，她教学生考托福试，收入奇佳。"

啊，煞有办法。

"有孩子吗？"

"一个三岁女儿，由岳母照顾。"

嗯，岳家是他恩人。

一路上有能说会道的扬子陪伴，不愁寂寞。

他问方倍："你最想做什么？"

"吃，"方倍很坦白，"小笼包、生蒸馒头、炒年糕、桂花糖藕、酒酿汤圆。"

"全是我岳母拿手好戏，你放心。"

扬子心中只有三个女子：他女、他妻、他丈母娘。

方倍从未到过那么热的城市，都九月初了，她浑身冒汗，连头发都是湿的，活像一个刚打完球的小学生。那城市整日为烟霞笼罩，空气质素欠佳。

先到扬子岳母家报到，方倍分派到一间上房，落地长窗通往露台，看出去，全是绵绵不尽旧式平房，鸽子在低空打转。同样是盆地，像煞了巴黎。

他们两人立刻忙了起来，一觉累，便灌茶喝水，不停地吃，滋味甚佳，顿忘劳累。

客厅一角有一群学生在学英文。

忽然有人说："这位小姐自加国来，向你请教，英文文法中有'I might just come and visit'，是什么意思，在何种时候应用？"

方倍擦着汗坐下，立刻有人斟来冰冻绿豆百合汤："老师请用。"

方倍答："这是说，他大概不会来，又或可能来，模棱两可，十分虚伪；北美通常用比较踏实的说法：我将来，我不能来。"

大家连忙说："是呀，我说呢，短短六个字，三个是动词，可怎么编排。"

方倍笑了，全身还是不停出汗，大厅只得一只吊扇，不觉凉快。

扬子催她："方舟，我们要去洛安区。"

这正是柏太太邓融迁往纽约前最后的地址。

也是一幢弄堂老房子，三层楼。

他们在楼梯碰到一位中年太太，打扮时髦，头发熨得一丝不苟。

"这位女士，我们找邓家。"

她上下打量两个年轻人："邓家早搬走了。"

方倍问："你是她邻居吗？"

"是呀，我先生姓周，与邓家做了十五年邻舍。"

方倍连忙说："周太太，可以说五分钟话吗？"

"这位小姐，你的背囊可是LV牌子？我的手袋也是LV。"

方倍微笑："我愿请周太太喝咖啡。"

"附近有间新开的弟弟斯咖啡店，你有无听说过四十年代著名的

DD’s？”

方倍笑：“周太太你那么年轻，你也一定是听祖父母说的吧。”

周太太只觉得这两个年轻华侨可爱。

在咖啡店坐下，方倍把握机会：“周太太，邓家搬到什么地方，可有留下新址？”

周太太说：“邓家女儿出国读书，不久结婚，申请父母兄弟移民团聚，走了有三年左右。他们住在澳大利亚悉尼。”

方倍愣住，是悉尼，不是纽约。

“你肯定？”

周太太取出电子记事簿：“我每星期与邓家通信，是很熟的朋友。”她随口说出悉尼黄金海岸一地址。

方倍定定神，缓缓问：“邓家女儿叫什么名字？”

“邓匡与我同年，三十二岁。”

周太太一按钮，电子册上出现照片，方倍看后颓然气馁，她还以为找到了呢。哪里有这么容易，照片里邓氏一家子全是小圆脸雪白皮肤。

“这是邓匡，这是我。”

“好漂亮风景，是哪个公园？”

“王小姐你好眼光，这是当年兆丰公园。”

扬子静静在一旁拍照。

然后，方倍眼尖，在一张家居上，看到一个人，她立刻指着说：“可以放大吗？”

周太太笑：“当然可以，这本电子手册法力无穷。”

照片放大，方倍看到了邓融的长脸细眼，她重拾希望："这人是谁？"

周太太仔细看了看："这个，这好像是他们家表妹。咦，王小姐，我还未问你为何打听邓家事。"

方倍早准备好答案，她出示学生证："我也是受同学所托，来找老朋友。"

"啊，这个女子好似是邓匡远房表妹，从贵州来学英文，二十世纪九十年代中期逗留了几个月，人很聪明，可是长得不好看，我已忘记她名字。"

"后来呢？"

"后来出国打工，第一站好似去新加坡。"

方倍点头，像蒲公英，越飘越远，终于落地生根。

这时穿雪白制服的侍应生把精致的蛋糕车推近："请试试，甜点师傅自比利时来。"

方倍挑选一打至花哨的蛋糕，吩咐包起送给周太太。

周太太十分开心："这怎么好意思？"

他们在咖啡店分手。

扬子说："我岳母也爱吃蛋糕。"

方倍微笑："怎么会忘记她老人家。"

她手上蛋糕盒子更大，差点把人家整家店买下来。

回到扬子家，同学们还未走，纷纷聚拢，要求方倍批阅作文，方倍请他们放下明日来取。

扬子太太笑说："可否请王小姐替我们寄些应用教科材料，扬子他老推说不懂。"

方倍对扬子说："我今晚到悉尼去，你留在这里陪家人吧。"

扬子吓一跳："你一个人——"

"放心，我已走遍大江南北。"

扬子想一想："不可以，这是公事，我不可失职，冯总吩咐过我一定要同你合作。"

方倍十分佩服扬子。

刚巧这时，扬子太太欢呼着奔近："好消息，批准了，批准我出国了。"

夫妻拥抱在一起跳跃。

幸亏方倍身边都是好消息。

在飞机场，方倍还在批阅学生作文，一边同扬子说："其实移民生活朴素单调。"

扬子摸摸后脑："我全同她说过，她也问我，女同事衣着为何像苦学生一般。"

"希望她慢慢适应。"

扬子说："报馆里的庄敬，移民五年，苦苦想家，一到学校假期，逼着丈夫与女儿回苏州娘家，一拿到护照，立即卖掉房子回流，可是，回归老家住了一年，处处不惯，终于又回转。劳民伤财，我看到都怕。"

他们在一家汽车旅馆休息。

扬子担心："只租一间房，不大好吧。"

方倍笑："我们不会在此留宿，办好事立刻走。"

"方舟，想不到你如此吃苦耐劳。"

方倍淋浴更衣，与扬子找到黄金海岸住宅区。

山边路一五三七号门口有孩子在打棒球，看见访客问："你们找我妈妈？"

"哪一位？"一个穿短裤女子应声而出。

甜美的小圆脸，正是邓匡。

"过来坐下喝杯冰茶，我们南半球这里天气刚开始热。"

"我们来打听一个人。"

邓匡笑笑："邓融可是？"

"你的朋友周女士已经知会你了。"

"没想你会特地乘飞机来问话，邓融，是个传奇。"

"愿闻其详。"

邓匡说："我也知得不多，一九九四年，她来我们家住过几个月，人很静，勤快地帮着做家务，学英文，没多久，就到新加坡去了。"

"她是你表妹？"

"家祖的确是来自贵州。"

"她如何从新加坡到纽约？"

"我并不知详情，她在新加坡一份华文报工作，一日去访问艾萨柏尔曼，就此认识，听说几个月后就正式结婚，她还给我们寄请帖来呢。"

"《悉尼日报》属于柏氏机构吧。"

"谁说不是，她很低调，我们家很少提到她，可幸我们也过得不错。"

方倍乖巧地说："那当然，人人都知道黄金海岸独立洋房价值百万以上。"

"她每年寄圣诞卡片给我们。"

邓匡进屋子去取了最近一张卡片出来，还附着小小一张照片，是柏氏一家四口合摄，娟秀中文字写着"表妹融敬上"。

方倍不由对邓融另眼相看，如此念旧，这个世代，算是难得。

邓匡忽然问："邓融快乐吗？"

方倍飞快答："她生活幸福美满。"不知如何，拼力帮着邓融。

邓匡说："是，我们都求仁得仁，成功出国移民，应当心满意足。明年，我家乘轮船往欧洲观光呢。"

这时，邓匡的丈夫回来。他是一个红光满面的大块头，真要注意血压。

方倍告辞，临走，取起孩子的垒球棒，打出一记好球。

扬子赞道："难怪冯乙对你神魂颠倒。"

方倍怔住："你说什么？"

扬子故意跌脚："你不知道他对你倾心？"

方倍不出声。

他们连夜飞回本国。

这时，两人都累了，在飞机舱里呼呼大睡。

冯乙来接他俩飞机，看到两名手下晒得似熟龙虾般红肿，吓一大跳。

方倍沉默无言，回到小公寓，意外听到母亲电话留言："小倍，好吗？爸妈工作忙碌，请你照顾自己，下次再谈。"

声音、语气都与平日无异。

方倍还是松了一口气。

她淋浴后处理了一些私人事件，写了一篇专栏，叫做《电话访问》。

电话访问可靠吗，当然不，访问一定要面对面，看牢对方眼神及一举一动……当然，这只是她私人意见。

她揉揉眼，累坏了，倒头便睡。

睡梦中听见有人开门进来，那人看到行李放心地说："回来啦。"是对她不离不弃老管家的声音。

她蹲在方倍前边："听说王先生与太太没事了。"

方倍睁开眼："还有些细节，像赔偿之类。"

"总算有惊无险，不幸中大幸。"

方倍看着管家："为什么对王家那么忠心？"

"因为你父母善待我们母女。"

方倍微笑，这世上有两种人，感恩与不感恩。

这时，她把改好的卷子传真回上海，并且推荐一本叫《对错误标点零容忍》小书。

天涯若比邻，现代人多么幸福。

方倍回到报馆，冯乙看到她，身不由己走近。

方倍轻轻说："我又要听教训了。"

冯乙却说："扬子说你这次出差相当成功。"

"因与公事无关，我决定自费。"

冯乙回答："调查工作最重要是做得含蓄。"

"明白。"

"所有传奇女子都有过去，当事人多数不希望提及这些往事，你当心冒犯她。"

"我知道。"

"她那么看重你，极是难得，你要珍惜。"

"多谢教训。"

"你口是心非。"

"不不，冯乙，我真心诚服，你年少老成，说的每句话都是金玉良言。"

"那么，把这件事搁下，努力工作，你此刻已有许多竞争对手。"

"是，冯大哥。"

冯乙忽然发牢骚："一开始就错了，帮你改错字，更正文法，给你训示……小女生只希望男朋友陪着胡诌、聊天、散心、玩耍。"

方倍放下稿件离去。

回家她看见坤容来访，正与管家一起把一面染色玻璃挂在檐上，精制图案在阳光下射出奇幻彩色光芒。

方倍喜悦，"这是你的作品？设计新颖，七彩缤纷，美不胜收。"

管家说："坤小姐下月结婚。"

方倍笑："你怎么反而给我送礼物来。"

"我们简约地注册结婚，不搞仪式婚宴。"

方倍笑："这一切都不重要。"

管家很高兴："难得你们两人都这么想，许多少女还以为婚礼就是婚姻。"

"方倍，以后我的家就是你的家。"

方倍一直点头，她们脆弱的友谊又似恢复。

坤容说："明年五月就要毕业，千辛万苦，总算读到文凭防身。"

方倍接上去："有了它，才可以到商场卖鞋卖眼镜框，或是到银行做临时工。"

管家大惊："没有它又如何？"

方倍笑："那只得在快餐店炸薯条或到油站加油。"

管家骇笑："世界竟是这样艰难了。"

"是呀，要做专业人士，还得多读三年。"

坤容说："那等于半辈子在学校生活。"

管家说："我十六岁就在开始工作，不过，谁要像我呢。"

谁知坤容与方倍齐声答："我俩愿像你般可爱。"

方倍在颓垣败瓦中寻到力量。

她们两人离去之后，方倍把管家帮她洗熨妥当的衣物挂回衣柜，感慨万千。

她抬起头对牢天花板说："爸，妈，我想念你们。"

他们是方倍唯一的父母。

稍后司徒律师找方倍："请到我办公室领取是月生活费用。"

"能否自动转账？"

"不行，一个月至少得见你一次。"

方倍笑着到访。

律师问："你找过我？"

方倍据实回答："我发觉我并非王氏亲生。"

司徒沉默。

"律师一向比家人知道得多。"

"小倍，你觉得他们是否一对好父母？"

"对我恩重如山。"

"我很高兴听到你这么说。"

"可是，他们为什么不对我坦白？"

"或许，他们怕失去你，或许，他们觉得你与亲生无异。"

"二十多年……"

"小倍，不久你会发觉，日子过得比我们想象中快十倍。"

方倍微笑，而大人又太懂得找借口，逃避，最终，原谅自己，继续活下去。

方倍问："我是谁？"

司徒律师说："小倍，我不清楚你底细。"

"当年王家移民，可是你办的手续？"

"你拥有正式领养证明，光明正大入籍，取得护照。"

“可是我手中却持一张出生文件。”

司徒律师这样答：“我从未见过该纸。”

“为什么他们要伪造我的出生纸？”

司徒律师笑而不答。

“他们此刻在什么地方，我几时可以见到他们？”

仍然没有回答。

“那么，把领养所名称告诉我。”

司徒却说：“这件事并非由我接办，我不知首尾。”

“我还想知道——”

司徒说：“当事人与律师之间的事是机密。”

方倍失望：“我也是你的当事人呀。”

司徒律师拍拍方倍肩膀：“明年要毕业了，功课一定繁忙，可要找人补习？”

方倍知道再也无法撬开他的尊嘴。

回到家中，启动私人电脑，发觉有人留下电讯给她。

“王小姐，我是邓匡，还记得我吗？你离去之后，我想起一件事，当年，邓融曾经对我说，她有一个终身任务：她要寻找自幼失散的妹妹。她记得很清楚，家中有这么一个幼妹，一日忽然失踪，大人没有片言只字交代，那女婴比她小五六岁，当年只得几个月大……”

方倍抬起头。

邓融如今已有通天彻地本领，况且资讯如此发达，要找一个人，必定可以寻获。

方倍读下去："上代华裔生活流离，我发誓要给子女一个永恒地址，永久的家。他们的配偶子女，以及子女的子女，都受祖屋欢迎。这永远是他们的家，有帘蓬遮头。"

没想到邓匡文笔如此动人。只需感情真挚，每个人都可以写成好文章。

邓融有一段时期在新加坡。

写完功课，方倍去电寻人。

新加坡只有几张华文报，不久，答案来了："王方舟小姐，本人朱南是星华报主编，将于下周到贵报访问，届时面谈。"

呵，有人知道邓融在南洋的事迹。

这时，冯乙通知方倍："邓小姐对你最近的文字有微词，她说你退步了。"

"什么意思？"

"情感与诚意大不如前。"

方倍笑："英雄见惯亦常人啊。冯乙，你应当知道天天写的苦况，编者与作者都不好做。"

冯乙点头："今日最难做的恐怕是记者：美联邦最高法院三十年来再次肯定，无冕皇帝记者再也不能凌驾法律之上：记者必须向刑事案大陪审团交代新闻消息来源，否则，当藐视法庭办，将被判入狱。《时代杂志》终告妥协，同意交出采访记录。"

方倍嗒然。

他问方倍："值得吗，本行工作时间又长又不规则，薪酬菲薄，入行是因为若干理想，如今连这点也仿佛失去。”

方倍却说：“我去写稿。”

她的题目叫《不再是贵族》，她请求读者暂时把注意力自零星消息转到新闻记者身上，注意这件案子发展。

冯乙赞：“呵，写得好。”

“老板坐在深闺，不了解我们苦处。”

冯乙不出声。

方倍问他：“《星华报》主编朱南将来开会？”

冯乙抬头：“你对这件事有兴趣？”

“千里迢迢，他来干什么？”

冯乙压低声音：“《星华报》亦受同一集团入股。”

方倍扬起一条眉毛：“邓融女士？”

“正是，”冯乙声线更低，“我们不知首尾，亦不想多事，听说朱君前来是为着向我方取经。”

方倍微笑：“人家客气有礼，你别当做福气，彼此研究探讨才真。”

“对，对，我一时没想到。”

“我也想见一见朱君，做个访问。”

他敲敲额角：“这次，我一定会记得打电话通知你。”

方倍说：“我约了人做访问，先走一步。”

“题目是什么？”

方倍狰狞地笑：“我全盘自主，无须与编辑商议。”

“对，你盈亏自负，独享荣辱。”

这是一宗情杀案，方倍要访问的却不是事主，而是三个目击证人。

其中两个是中年太太，当日清晨七时许，她们结伴牵狗散步，忽然看见一个满身鲜血年轻女子朝她们奔来，摔倒在地。

她俩本能去保护伤者，这时，一个持枪男子追至，那两位太太不但不怕，还朝该男子吆喝：“你干什么开枪伤人？住手！”

因为她们阻挠，女子奋力自地上爬起，向大路奔去。

奇是奇在凶手并不伤害那两个中年妇女，绕路朝伤者追杀，一定要置她于死地。

他再次开枪，击中女子，她再次倒地，眼看性命不保，却命不该绝，一辆路过房车停下，司机推开车门，大声叫：“爬起来，上车！”

女子尽最后一点力站起，奔向车子。

凶手继续开枪，打烂车门及倒后镜。

司机将陌生重伤女子拉进车厢，飞驰驶往医院。

这时警车赶到，凶手驾车逃亡，与警方驳火，被警察当场击毙。

那女子获救。

方倍找到布朗太太与怀特太太，她俩与所有在超级市场出没的中年妇女并无不同。

方倍客套几句，很爽快地问：“你们不怕？”

布朗太太答得坦白：“现在想起来怕得要命。”

“你怎么敢喝骂持枪凶徒？”

“因为他做错事！”

方倍忍不住笑，她说："啊，路见不平，拔刀相助，你们洋人没听过这两句话吧。"可是他们却真正做得到。

怀特太太问："他为什么追杀她？"

方倍想一想，轻轻笑："因为她交友不慎。"

布朗太太点头："你说得一点也不错。"

方倍不但为她们拍照，也替两只小狗造型。

稍后，她到一间保险公司访问那英勇救人的司机。啊，真意外，他四十多岁，戴深近视眼镜，文弱。

方倍瞪着他，他微笑，摊摊手。

方倍问："当时你在想什么？"

"那个女子流血，她需要帮忙。"

"你有家庭吗？"

"我有妻子及两名女儿。"

"你不怕危险？"

他温和回答："当时没想到那个。"

"先生，你是英雄。"

他忽然说："那女子才是英雄，她中枪仍然逃脱，摔倒，爬起，再次中枪，倒地，然后奋力奔进我车子，她不放弃，她救活自己。"

方倍感慨得说不出话来。

她到附近图书馆坐下就写了《跌倒，爬起，再跌倒，再爬起，活下去》一文。

一个人，无论是谁，在人生某个阶段，一定曾经跌倒过，满身血，凶手就在后边追杀，可是，只要还剩一口气，就得再爬起来逃命。

方倍从这件新闻里不知学到多少。

专栏刊出，冯乙说："邓小姐说，你的精神又回来了。"

因为她也曾中枪倒地吧，乌溜溜弹孔，鲜血汩汩流出，因怕人嫌，还得尽力用手掩住，因为一切都是我们的错，是我们没有睁大双眼看清楚凶手的真面目。

做人也太累太辛苦了。

方舟的读者人数一天比一天增加，回响甚多。

冯乙开启一个读者来信栏，整个星期讨论"他为什么要置她于死地"这种问题。

稍后方倍终于见到了《星华报》的主编朱南。

没想到他那么高大英俊，接待处几个女孩十分倾倒，议论纷纷："方舟，你觉得他是否超级迷人？"

方倍微笑回答："过得去啦。"

"有无家室？是否有意留在本市？请帮我们打听。"

方倍电话响，她连忙走进会议室。

朱南一见她便站起来："王方舟小姐，久闻大名，如雷贯耳。"

方倍微笑，她入行不到一年，他如何久闻大名？

"我同冯总说，我们要求转载方舟专栏。"

方倍连忙回答："这是在下的荣幸。"

冯乙决定戴罪立功："你俩有话要说，我出去一会。"

方倍看着朱南："朱先生，请为我释疑。"

朱南轻轻说：“谈话内容请予守秘。”

“我以本行尊严保证。”

朱南忽然苦笑：“本行的尊严不是很多了。”

方倍这样回答：“尊严出于自赋，庄敬自强才最最要紧。”

朱南听了，精神一振，他说：“邓小姐在《星华报》工作之际，我尚未入行，我也是听家父说起此事。”

“她当年担任什么职务？”

“她应征面试及格，在《星华报》担任接待员。她勤奋好学，但是人事部觉得她外形与才智都属普通，他们见识少，走了眼。”

“之后呢？”

“柏尔曼访星，彼时他的传媒王国刚刚成型，访问《星华报》，邓融负责替贵宾拉开玻璃门，据说柏尔曼立刻说：‘不敢当，怎好叫记者开门？’他当她是记者。”

“之后呢？”

“家父说，不到三个月，邓融便获得美国签证。”

方倍抬起头：“这是奇异缘分，除此并无解释。”

朱南评说：“真是一个奇女子。”

方倍这样讲：“今日所有女性都是奇女子，不但要怀孕生子，更需做一番事业。”

朱南看着她微微笑。

方倍说：“如今的总编都这么年轻。”

朱南欠欠身：“我决定回到学校去。”

方倍意外："为什么？"

他轻轻回答："听说邓小姐要求严格，她属下总编每月必须开例会交流意见，并且要求名下所有华文报风格统一，我个人性格比较自由散漫，不适合这种大机构，因此决定回大学教书。"

方倍肃然起敬。

他并没有邓小姐前邓小姐后迎合新人事新作风。

朱南说下去："报纸要配合当地读者需要，随机应变、灵活、机智，不可与资本家配套。"

方倍一直点头。

这时冯乙敲门进来："一起吃饭去。"

朱南站起："我只知道那么多。"

冯乙请客，招待朱南吃阿拉斯加京王蟹。

这时，方倍的气已消。她固然尊敬朱南这种性格，也不至于看低冯乙。

冯乙的应变能力也了不起，他前途明亮，不久可能荣升北美总编辑，或是东南亚总裁。

社会需要各式各样的人才，缺了一种，便见单调。

傍晚，冯乙不经意地问："你同朱南说些什么？"

"呵，"方倍故意调侃，"从金星说到火星，还有，冥王星的卫星叫查朗，离太阳系最近一颗恒星叫阿发森托里，距离太阳系数万光年……"

冯乙并不动气："朱南是个人才。"

方倍答："你也是，新一辈的能力并不低于上一代。"

冯乙很高兴。

第二天一早，方倍被电话铃吵醒，她惺忪地想：几时超级到不用听电话为生就好了。

对方是朱南："我在飞机场。"

"要回去了吗，顺风。"

"方倍，我忽然想起一件事：听说邓融在星洲的时候，曾经刊登启事，寻找她自幼失散的妹妹。"

方倍顿时清醒，邓融一直念念不忘那个幼妹。方倍为之恻然，事隔多年，不知找到没有。

"可有结果？"

"在星洲肯定没有信息。"

方倍说："朱南，我们保持联络。"

方倍对朱南印象奇佳，可是一东一西，相隔万里，不可能发展，只得搁下。

电话又响起来，这次，一听见对方一声"喂"，方倍已经惊喜得泪盈于睫："妈妈！"

"小倍你好吗？"

"妈妈，官司可是已经撤销？"

她似不愿多说："雨过天晴。"

方倍追问："几时回来？"

"此刻我在菲律宾物色柚木，稍后往泰国建筑物料。若果回来，不能发展，你明白吗？”

方倍嗒然：“爸好吗？”

“他在堪培拉做生意。”

“妈妈，回来退休岂非更好？”

谁知公允还有心情说笑：“我才二十九岁半，退休岂非太早，闷坏人。”

“那么，多与我联络。”

她似有难言之隐，方倍知道不宜追问。

“小公寓还习惯吗？”

“开头十分不安，现在觉得像住宿舍。”

“吃多点，睡好些。”

“妈，我还有话说。”

“有机会面谈，我打算邀你到泰国度假。”

“妈妈，”方倍鼓起勇气，“关于我身世——”

“线路欠佳，静电啪啪响，下次再谈。”

电话中断，孙公允像在逃亡途中，神秘莫测。她知道方倍迟早会提出身世，不愿多说。

方倍叹一声气，起床淋浴上学。

门口有汽车响号，一看，却是温带与坤容这一对。

坤容招手：“我们刚注册为夫妇。”

真是喜讯，方倍笑问：“可是出发蜜月？”

“本地消费，我们到离岛渔村度假。”

“祝你们一生快乐健康。”

坤容给好友一张单子：“请代做下列功课。”

方倍微笑：“这是你的结婚礼物。”

他们握手道别。

他们车子后窗贴着七彩“新婚”招贴，喜气洋洋驶离。

方倍为他们高兴整天。

真没想到坤容会早婚，满以为她要凭美貌闯天下，做一番事业，谁知碰到理想对象，在染色玻璃工厂找到归宿。

而方倍呢，又会走向何处？

放学了，方倍得赶回公寓写双倍功课。

有一辆黑色大房车在校门口等她，司机打开车门，有人叫她：“方倍，请上车。”

方倍一看，却是邓融。

这时，她对邓融了解较多，亲切感增加，她问：“柏太太，你还在本市，有什么事？”

邓融微笑：“上车来谈。”

方倍却十分小心：“我到对街小公园等你。”

邓融有点意外，随即释然，下车来说：“我与你一起。”

阳光下的她褚色皮肤光洁润滑，狭长双眼另有风情，黑压压一头好发束在脑后，今日这样富贵的她打扮仍然平常，忠于自己。

柏尔曼的眼光当然不会差。

方倍微笑：“听说你要大展宏图。”

邓融答："此刻已拥有一张《华文报》，目标是三十份。"

"那可是一个王国。"

"叫你见笑了。"

她们走到公园长凳坐下，司机在远处守护。

邓融说："方倍，我不绕圈子了，你在打听我身世？"

方倍点点头，邓融神通广大，迟早知道这事。

邓融看着她：就这个小女生，这时节仍然与她平起平坐；其余人见到她，都当见到太婆——邓小姐这边，邓小姐那边，说来说去，是因为她今日有财有势。

邓融对方倍另眼相看，因为方倍对她坦诚。

她问："为什么好奇？"

方倍答："因为从你处，我得知非父母亲生。"

邓融笑："我查你，所以你反过来查我，可是报复？"

方倍说："你对我，似有特殊兴趣。"

邓融答："这点我与你看法相同，每个人都有一个故事。"

方倍看着她："我是一个平凡女子。"

邓融笑起来："你的生命才刚刚萌芽。"

"我不认为会有奇遇。"

邓融看着方倍："你以为我蓄意遇到柏尔曼？不不，是柏尔曼看到我才真。"

方倍轻轻问："请问你找到妹妹没有？"

"仍在寻找。"

“ICQ。”

邓融笑：“你说得对，不过，寻找范围已经收窄。”

这时，方倍注意到，有两名彪形大汉，一左一右，在她们坐的长凳两头驻守，他俩肯定是邓融的保镖。

方倍微微笑：“依世俗标准来说，邓小姐真是嫁得非常好。”

邓融说下去：“我找到三个有可能的年轻女子，可是还不能确认是哪一个。”

方倍意外：“验一下脱氧核糖核酸不就行了。”

邓融笑：“是呀，可是，怎样请人提供样本呢？”

“倾心直说。”

“她们年纪还小，仍在读书，我怕打扰她们正常生活。”

方倍欷歔：“对我，你仿佛没有那么体贴。”

邓融欠欠身：“对不起，方倍，王氏夫妇的商业骗局实在叫人生气。”

方倍无奈：“一朝醒来，忽然发觉身份、父母、他们的学历，全是假的，真正惊怖莫名，没有人比我更不幸。”

邓融却说：“有，怎么没有。”

一个售卖冰激凌的小贩就在附近，邓融示意，保镖还没有行动，方倍已经走过去，买了两只蛋筒卷，再走回来。

“覆盆子，抑或巧克力？”

邓融选了巧克力：“好久没吃蛋筒卷。”

“今日您老吃任何甜点都有佣人捧着银盘上。”

邓融轻轻说："可是晚上做噩梦，看到自己才八九岁大，拖着更幼小的妹妹四处蹿跳，终于一脱手，不见了她，人海茫茫，到今天还未寻获。"

方倍恻然。

邓融说下去："我有一个朋友，成年之后，蓦然发觉父亲仍然生还，但是，他已做妥转性手术，变成一个女人，并且嫁了人，另外有家庭，领养着数名子女。"

方倍骇笑。

"还有一个朋友，身世奇异，母亲并非生母，她由代母怀孕所生，但是卵子却不属代母，由第三名不知名女子捐赠。"

方倍用双手掩嘴。

"代母生产后交由养母抚育，她至今不知真正母亲是何人。"

方倍发怔："这么说来，我身世还不算复杂。"

"有一个人一直以为与姐姐生活，最后发觉，真实身份是姐姐的私生女儿。"

方倍完全无语。

邓融说："你愿意访问她们吧？"

谁，访问谁？上述那些身世奇异的人种？

邓融说："我已找到三名有可能性的年轻女子，请你做访问，可以吗？"

方倍说："当然可以。"

邓融松口气："我还以为你不接受编辑部干涉写作题材。"

方倍微笑："不至于如此。"

"我叫人把资料给你，请你查探蛛丝马迹。"

"她们都住在本市？"

"她们没有一个住在本市，你得乘飞机到处去，我派私人飞机给你。"

方倍立刻站立："小的不配。"

"你乘过私人飞机没有？"

方倍摇头。

"试一试，很有趣，不受时间拘束，方便得多。"真正私人飞机，与租用小型飞机享受又不一样。

方倍一味拒绝："坐成习惯，可怎么办，上楼容易，下楼难。"

邓融笑："你这孩子。"

这时，司机轻轻走近，说了几句。

方倍说："你是大忙人，我们已经谈了很久。"

邓融忽然说："方倍，叫我一声姐姐，我与你是如此投机，我愿做你姐姐。"

方倍凝视她，却不愿冒昧。

这时，邓融的秘书也走近。

方倍取笑她："趁柏氏兵团没出动之前，你请回吧。"

邓融依依不舍。

只有方倍会揶揄她，别人，不是不敢，而是认为划不来。何必越位？最佳态度是敬鬼神而远之，邓融生活寂寞。

方倍看着她被手下簇拥着离去。

方倍回家做功课。

这一写就到深夜，正觉肚饿，冯乙有电话，他要送资料给她。

方倍请他顺道带一碗牛肉面。

天气凉了，一碗热腾腾香气扑鼻的牛肉面足够收买一颗女子的心。

方倍边吃边谈，翻阅冯乙带来资料。

她心情甚佳，笑说："看，老总送外卖，如此优待，叫写作人汗颜。"

冯乙既好气又好笑，方倍聪敏，少人能及，可是她至今未明冯乙心意。

有哪个老总会给作者送资料？

只听见方倍说："嗯，三个二十一岁命运相似少女，这一个住在加州，叫安德信百合，领养她的是一对高加索白人夫妇，她自幼已知道并非亲生。"

"找她谈谈一定很有意思。"

"她们三人，均是浙江人。"

冯乙忽然吟道："何时同看浙江潮。"

方倍问："什么？"

"这是苏曼殊词句，你不知道此人也就算了。"

"很出名，像李白、杜甫？"

冯乙只是笑，一边摊开双手。

方倍对他说："我会读好中文，待我取到这张文凭之后，我会专修中国文学。”

“世上无难事，有位摄影师一日拍摄手术室脊椎矫形实录，突然觉得人体奇妙，于是在四十四岁高龄考进大学读医科，今年已经毕业。”

“啊，他是我的灵感，此君亦值得访问。”

“我会把他姓名地址给你。”

方倍说：“百合读音乐，演奏小提琴。”

“噫，是名艺术家，我喜欢她们的独特气质。”

“家里一定十分有条件，而且宠爱她。”

“养父母的功德至伟。”

方倍承认：“是，不知该如此报答他们。”

冯乙的答案很简单：“做一个健康快乐人，勤学勤工，服务社会，即报答父母养育之恩。”

方倍感动：“冯乙，你说得真好。”

冯乙看着她：“开始工作吧。”

真得加倍用功，否则，亏欠许多人，包括养父母在内。

方倍联络到加州蒙特里室乐团，约见百合。

她一走出来，方倍便知道她不是邓融的妹妹。

百合气质灵秀，有张白净小脸，五官清丽得像是画中人，同邓融完全不同类型。

方倍约莫知道室乐团共四名成员，另外有一把小提琴，一把中提琴及一只大提琴。

她第一个问题是：“前途光明吗？”

百合笑："问得真好，我们通常在商场、鸡尾酒会及婚礼演奏，你说呢？"

方倍笑："既然喜欢，也无话可说。"

"你讲得对，我也教授学生，那比较开心。"

方倍渐渐说到正题上去："可有遇到歧视？"

"我最后在音乐学校的一个教授，说韩国人与中国人的提琴音响似二胡，那算不算是种族歧视？"

方倍想一想："那只是井底之见，夜郎自大。"

百合大声笑："我怎么没想到，你说得真好。"

"父母看样子很爱你。"

"来，到我家喝下午茶。"

方倍意外："他们是英裔？"

白合笑不可抑："连华盛顿都原本来自英国。他是地产炒卖专家，北美洲的土著是红印第安人，强以一颗玻璃珠代价将曼哈顿出售给白人。"

听百合口气，自幼也吃过一些与养父母不同肤色的苦。

果然，她说："自五六岁懂事时起，在公众场合，我就听见有人窃窃私语：'真幸运，那女孩真幸运'，我问妈妈何解，家母这样答，'他们说爸妈幸运，拥有一个漂亮乖女儿'。"

方倍一听，立刻说："介绍我认识安德信先生太太，那是我的荣幸。"

到了家，安太太亲出，招呼方倍。

原来她自幼让百合熟识本国文化，百合的中文程度不错，一般听、讲、写不成问题。

百合最先学会的字句是“马路”和“中秋节”，接着学会《曹冲称象》和《孔融让梨》等故事。

安氏夫妇环境小康，但是仍努力培养女儿。方倍看到百合房中有一套自小到大的提琴。最小那只才八分一尺寸，在百合三岁时用。

百合感喟说：“这套琴足够他俩轮船环游世界一周，琴老师永远抱怨学生的琴不合水准，越贵越好。”

方倍问：“是名师吗？”

“自称海滨丝徒弟，一小时课教费80美元。”

方倍突然说：“我的养父母也深爱我。”

百合诧异：“你也是领养儿？”方倍点点头。

“你可觉异样？”

方倍答：“爱如己出。”

百合说：“我觉我俩都十分幸运，不是那么多人生命中有第二个机会。”

方倍问：“你可有男朋友？”

“他是乐团指挥。”

“志同道合，多么理想。”

百合笑：“连我都觉得生活顺利，事事称心。”

方倍伸手过去握住她的手一会说：“所以这篇访问很难写得好看。”

百合遗憾："真是，非得悲惨不幸才算动人故事。"

方倍终于问："你可听过邓融这名字？"

百合摇摇头："我应该知道此人吗？"

方倍再问："邓这个姓字，有无唤起任何回忆？"

百合摊开双手。

安太太这时叫她们："请用茶点。"

方倍与她说到教授英语难处，两人十分投机。稍后，她们翻阅照片簿，一切都用摄影机清晰记录，从手抱开始，一直到今日为止。

方倍发觉百合是兔唇婴儿，可是一抵加州立即做手术缝合，完全看不出痕迹。百合堪称重生。

吃罢点心，方倍告辞。

走到门口，安先生刚巧自邮政局下班回来。他棕发棕眼，半秃头，相貌十分平凡，却有那样大爱心。

"记者？"他诙谐地说，"哟，大家说话当心。"

连笑话都如此老套，但是，却有那样大心胸。

方倍留下名片。

她向邓融汇报。

"不是她，你肯定？"

"我取得她梳子上头发样本，你可以验一验。"

"我派车子接你。"

方倍意外："你在什么地方？"

"我在比华利山，你还没来过我这个家吧，我来此陪柏尔曼开会。”

这间豪宅，看上去似建筑文摘介绍的大屋，美轮美奂，却不是方倍那杯茶。

屋顶风向计是一颗大卫之星，显露了柏氏犹太裔身份。

方倍问：“孩子们呢？”

“在纽约读书，我从不让她们四处游荡。”

“不是说越早见识越好吗？”

邓融微笑：“让她们少点见识好了，要怪怪我。”

看，邓融至今维持这点倔强。

方倍问：“你如何发现妹妹失踪？”

“一日，亲戚交给我两角钱，叫我到市集买油豆腐与黄豆芽，我步行来回，需要半小时，回到家中，小妹已经不见，哭问，无人回答，过几日，我也被送进孤儿院。”

方倍忍着难过：“父母呢？”

“将我俩放在亲戚家中，付了一笔生活费，说是三个月内一定回来，可是一年后音讯全无，再过一年，妹妹便告失踪。”

“是什么亲戚？”

邓融答：“表姨。”

“你可记得父母样子？”

邓融忽然微微笑：“像电影中最慈祥夫妇模样。”

“他俩去了何处？”

“我不知道，据说是凶多吉少。”

“你日后没有去向表姨查询？”

“她已辞世。”

方倍跌脚，不住在樱桃木地板上踱步，半晌她问：“你怀疑他们卖掉妹妹？”

“或是送到孤儿院去。”

“你可恨他们？”

“大家都是穷人，家里忽然多了两口，如何养活？”邓融猛然改变话题，“来试试我家的生煎馒头，很多人以为这小包子逐只煎熟，其实用滚油淋熟才香脆好吃。”

方倍与邓融越来越亲昵。

她终于愿意乘坐柏氏私人飞机往西雅图。

飞机故意绕过比尔•盖茨在列蒙区的住宅，邓融笑说：“看到没有，那才是有钱人。”

“听说他仍然吃汉堡穿卡其裤。”

“世界上首富，做什么都一样潇洒。”

方倍忽然问：“嫁有钱人可好？”

邓融微笑：“一个女子能穿多少吃多少？老头说我最大优点是对物质并不虚荣。我并不拥有一百克拉钻石。”

“你还没有回答我问题。”

“有钱当然方便，我雇用好几名私家侦探为我寻人，我又可以收集各地华文报作为消遣。最大得益人是我的子女，他们不必为求学求职烦恼，不管才智高低，都是柏尔曼承继人，无须竞争。”

“柏氏成年子女可难应付？”

“我们不会与他们争，世界那么大，退一步想，海阔天空。”

方倍说：“我为你骄傲。”

邓融深深叹气：“努力寻找妹妹，不过想尽一份力，我会尊重她的意愿，希望她与你一样，活泼乐观健康，心中毫无阴影。”

方倍连忙说：“她一定比我优秀。”

私人飞机可坐十人，连地毯上都织着六角形大卫之星。

方倍最后问：“你与柏氏相爱吗？”

“我一生都敬爱他。”

“如何应付歧视目光？”

邓融答：“不要去看他们。”

方倍大笑，一心以为答案是“化敌为友”“尽量忍耐”之类，没想到是如此消极有效的方法。

“何必希望他人认同，我不耐烦争取欢心。”

飞机上吃法国菜，她们悠然看着舱外蓝天白云，邓融接了两通电话，都是女儿打来。

方倍在西雅图下飞机，邓融折返接她的老头子回纽约。

方倍深深吸口气，租辆车，驶到指定地址。

她早到十分钟，因此摊开报纸阅读。方倍既不看大小新闻，也不管零星消息，她翻到分类广告，仔细寻找。

“你单身寂寞？想乘邮轮渡假？不成问题，本旅游公司帮你寻找理想伴侣，不设服务费用。”

方倍眼睛亮起来，多么吸引。

这是另类男女介绍所吧，值得研究一下如何运作。

她拨电话到指定号码，一个年轻女子接电话，方倍说："我单身，寂寞至死，请帮忙。"

对方浅笑："你请等一下，我叫杰克与你详谈。"

一会，一个愉快的男子声音传来："我是杰克，向你介绍服务，我们有详细章程，随时寄上，你抑可观看我们网址。"

"请问该名伴侣随我上船，抑或在船上认识？"

"我也请问你多大年纪，想往欧洲还是到加勒比海，长程抑或短程服务？"

方倍接着问："服务费用是否昂贵？"

"请放心，服务费用绝对公道。"

方倍说："我看到网址再与你们联络。"

又是一间变相伴游社，方倍欷歔，这次专为邮轮客人服务，此类客人多数是中年人，有点积蓄，时间太多，子女已成年离巢，最最寂寞。

服务费用可大可小，真的可以买到理想游伴吗？见仁见智。

时间到了，方倍决定回家才查阅网址。

她去屋前按铃，看到一排树，被修剪成蘑菇模样，十分可爱。

一个女子抱着婴儿出来应门。

方倍连忙自我介绍，女子笑答："我就是袁怡。"

"没想到已结婚生子。"

"呵不，这是我姐姐袁安的孩子，她公事出差，我前来帮忙。"

“你有姐姐？”

“是，我们两人均属领养。”

方倍轻轻说：“你们自小知道这个事实？”

“是，父母并无隐瞒，我们两人来自一间护幼院。”她把孩子放到高凳上。

方倍看仔细她。

袁怡长方脸，神气自信，一看便知道在当地长大，褐色皮肤，穿小背心小短裤。长腿圆润修长，使人再三端详。

她手势熟练，喂幼儿吃麦糊。

客厅凌乱一片，显然人手不足，可是袁怡笑容满面，绝不烦恼，那婴儿与阿姨一起咯咯大笑。

方倍忍不住帮她收拾，袁怡不但不客气，且同她说：“地库有好几箩衣物待洗。”

“我帮你做。”

“那么，我替婴儿洗澡。”

两个人忙得团团转。

方倍叹气问：“平时，令姐如何独力支撑？”

“保姆患病入院，才搞成这样。我同你讲，懦弱的人，真不可成为母亲。”

才洗完澡，忽然一阵臭气传来，方倍呻吟：“我的天。”

袁怡笑嘻嘻：“真可怕可是？又得脱衣换衣，重新再洗，这样做足几年，甩了难，功课作业又排山倒海而来，等毕业他说：‘父母不了解我’。”

婴儿总算静下，渐渐入睡。

这时袁怡才有时间做咖啡待客。

方倍取出吸尘器，袁怡按着她：“怎么好意思？”

方倍问她：“可有想过寻根？”

“上月我刚找到生母。”

方倍意外：“什么？”

“在一间慈善机关帮助下，我寻到生母，并且与她见面。”

这么说来，袁怡也根本不是邓融的妹妹。

方倍有点替邓融难过，这叫做遍寻不获。

袁怡说下去：“她四十余岁，此刻又结了婚，有一个儿子。见到我，十分歉意，但相当陌生，我们无话可说；她只告诉我，生父姓牛，是个军人。不过，能够见到她，总算了一宗心事。”

袁怡把照片给方倍看，只见她与生母两人笑容僵硬，比陌生人还要疏离，并排坐着，像受罚似。

袁怡问：“你会否觉得我多此一举？”

“当然不会，你有理由那么做。”

“姐姐说我不知心足，她完全不考虑寻亲。”

“她也正确，她身心健康。”

“唷，王方倍，你这样会说话。”

这时，婴儿忽然哼哼唧唧，随即呜哗一声哭起来。

方倍微弱地说：“救命。”

她正想告辞，大门忽然打开，一个中年太太跑进屋，嘴里喊着说：“宝贝在哪，婆婆来了，我的宝贝呢？”

婴儿认得婆婆声音，停止哭泣，伸长胖胖手臂，呵呵作声。

中年太太连忙眉开眼笑拥住粉团，毕毕卜卜在胖胖小脸上不住亲吻：“宝贝，婆婆的宝贝。”她不断娇声喘气，怪声怪气地招呼婴儿。

方倍真觉好笑，如此肉麻，亏她当众表演，但是中年太太目中无人，一点也不怕肉酸，可见她有多么钟爱这名婴孩。

这是她女儿的女儿，由此可知，袁太太当真把袁安视为己出，一门心思做外婆。

幸运的袁安，幸运的袁怡。

调查或访问到此为止。

这时袁太太才发觉有外人：“阿怡，这是你的同学吗？”

袁怡送方倍到门口：“叫你见外了。”

方倍轻轻说：“你们如此相爱，夫复何求。”

“真的。”袁怡完全同意。

“邓融这个名字，对你有否意义？”

袁怡摇摇头：“我们不认识姓邓的人家。”

这时门外一辆吉普车停下，一个年轻男子跳下车从车尾箱取出大量水果食物及婴儿用品，咦，又有一名救兵赶到。

袁怡笑：“我男朋友陈舜。”

那阳光男孩招呼一声，手脚不停抱满满进屋去。

袁怡摆摆手：“再见，有空来坐。”

方倍告辞。

她驾车回家，有一分惆怅，有两分寂寥。百合与袁怡都把身世丢在脑后，努力将来，这是对的，王方倍应该向她们学习。

方倍吸进一口气，挺起胸膛。

她也有朋友，去，找朋友去。

方倍探访坤容。原来这些日子温带大展宏图，已把车房拓展加建，他已成为半个企业家。

他俩热情招待，用丰富茶点款待方倍。

“倍，说一下近况，我俩是井蛙，爱听新闻。”

方倍一边喝契安蒂酒一边把百合与袁怡的故事说一遍。

温带说：“袁安袁怡，即悬疑悬案。”

方倍大惑不解：“是什么令一个成年人嘴里发出唧唧咭咭嘟嘟贝贝这种奇怪声音？”

温带与坤容相视而笑。

电光石火之间，方倍明白一件事，“呵，”明敏的她站起来抱拳，“恭喜恭喜。”

方倍有点感慨：坤容都开枝散叶了，她还孑然一人，真不争气。

她问：“我几时做阿姨？”

“明年春季，三月左右。”

方倍点头：“做你们孩子一定很开心，我保证你们不会向子女加压，或是勉强他们去完成你们未尝之壮志。”

温带笑：“也许是一双不及格不合时宜的父母呢。”

两人如好朋友搭肩嘻哈大笑。

方倍会妒忌他俩吗？当然不，不过却感怀身世：不到一年时间，无忧的方倍失去家庭，而孤苦无依的坤容却重拾幸福，人生无常。

这时，坤容把方倍拉到一旁，轻轻说："家母找我。"

方倍啊的一声。

"见到面，她笑容满面打探我近况。她有一张很奇怪的面孔，笑起来牵扯起嘴角足足可以年轻二十年。我触目惊心，她从来不对我笑，这是怎么一回事？她细细查问：'这所房子是买还是租？'"

坤容答："属温带所有。""一次买下抑或分期？""完全付清。""呵，那么，现值多少？""不大清楚。""面积多大，几房几厅？"

坤容说："这时，我蓦然明白她的笑容冲着什么而来，我警惕回答：'乡间老房子，不值什么。'"

可是坤母并不气馁："你除出这间房子，没有其他产业了吧？"坤容不答，坤母又问："那么，你此刻生活是不成问题了？"

坤容仍然不出声，于是坤母拉下脸，对她说："你有没有？若果有呢，就拿出来。"

坤容立刻请她走。

方倍不出声，这是人家母女家事，她怎好插嘴，她唯一可做的，只是聆听。

"我真希望挽救这段母女关系，但是可能吗？她依然故我，一开口就讨钱，我不给，她即走，我若给，她拿了也立刻走。"

方倍唯唯诺诺："你此记得有自己的家了，将来有了子女，千万不要向他们索钱。"

"倍，我永远不会放弃个人收入，发榜后找到工作，六十岁才退休。"

方倍微笑："你一定可以如愿以偿。"

多么好，互相呻苦，倾诉，一边不停吃点心，喝老酒。

傍晚，方倍回家。

一开门就听见有人说："去了什么地方，我睡了一觉，又淋浴洗头，等足大半天。"

方倍一怔，随即大叫："妈妈，妈妈。"

孙公允从厨房转出。

方倍紧紧握住她的手，眼泪说什么忍不住，汩汩流下，抹都来不及抹。

孙公允仍能维持镇定，她轻轻问："寄宿式生活还好吗？"

"妈妈可是不走了，爸呢？"

孙公允答："我只可以留两天，明天晚上走。"

方倍觉得这是她懂事的时候了。她到浴室洗一把脸，打一通电话把管家瓜达露比叫来，然后对镜微笑，是，就该这样笑。

她提起勇气见母亲。

孙公允欷歔："这间公寓也太窄一点。"

方倍回答："一位太太说的：所有厨房都显得太小直至你要清洁它。"

“小倍，难为你了。”

方倍话中有话：“妈妈，你们从来做到最好，我感激不尽，我毫无怨言。”

“小倍，官司事一件件摆平，对方逐件放弃投诉，我方也赔偿得七七八八。柏氏只坚持我们永远不得在北美执业，我们只好退一步想。小倍，毕业后你或许可随我们到东南亚发展。”

再难开口也要开口，方倍含蓄地说：“公司经营方式，也得全盘改过了。”

孙公允爽快说：“都改了。”

方倍一直握着母亲的手，像是怕她会走脱。

这时门铃一响，瓜达露比到了，两手挽着菜篮。

大声喊：“太太，太太。”

主仆掏腰包。“太太，我做青瓜冻粉汤给你喝。”老实人没有花哨话。

小公寓有人满之患。

孙公允说：“小倍，我替你另外找间宽大些房子。”

方倍按住她的手：“不用，妈妈，一切够用，待我毕业找到工作再说。”

方倍决定以平常心度过一日一夜，于是如常做功课写专栏。

冯乙来电：“市政报第三十四页‘失物栏’往下数第四段。”

方倍立刻查看，原文如下：“在河畔公园失去一支拐杖，上边有孙女为我装饰的图画贴纸。”

“哎呦，损失惨重。”

“可不是，我派了两名记者出来寻访。”

“当心上头责怪。”

“今日，我就是上头了。”

“冯乙，今日可有空来我家晚饭？”

“什么特别事？”

“见一见家母。”

冯乙刹那间兴奋得脸色发红，双耳烫热，见伯母！

“我准六时到。”

一边有记者向他报告：“拐杖寻获，已交还原主。”

方倍悻悻然：“抢饭碗。”

“我们只是社区服务，你放心。”

“我有什么不放心的。”

她啪一声挂断电话。

孙公允也曾经年轻过，当然知道这种口气，这种行为，对方一定是很有可能性的男孩子。

她闲闲不经意地说：“请他来吃饭呀。”

“他六点钟到。”

孙公允与管家挤眉弄眼。

半晌，她轻轻说：“小倍忽然漂亮，人一瘦，眼睛会大，腰肢变小。”

方倍回头一笑，努力工作。

傍晚冯乙来到。他特地回家换过干净笔挺的白衬衫卡其裤，手中抱着一篮水果。

孙公允打量这小伙子，心中想：啊，其貌不扬，是一个普通人，可是牙齿洁白，精神奕奕；若这还不够呢，只要他爱惜女儿，已经足够。

她与他攀谈，只觉小伙子坦白诚恳，脚踏实地，她十分欢喜。

吃完饭孙公允想提早休息，管家愿意在沙发上留宿，方倍则在吹气塌上打地铺。

天天是这样就好了，家大家小有什么关系，只要一家人在一起。方倍感慨，以前不知道，这次吃过苦，她统共明白透彻。

冯乙说："方舟，我们可要出去走走？"

方倍揉揉眼："我也累了。"

此刻的她一脸满足，又恢复从前憨样。

冯乙怜惜地看着她说："今日叫我想家。"

方舟想一想："你们有首好歌，叫做《常回家看看》，劝游子回家慰抚父母寂寥的心。"

冯乙抗议："什么叫你们，什么叫我们，大家都是华裔。"

他终于不得不告辞。

方倍很快入睡。

清晨醒觉，听到别人的呼吸声及鼾声，才想起母亲与管家都在这间小公寓里。

还剩十多小时，该不该问养母："请把你知道有关我身世都告诉我？"

黎明，方倍思路清晰，心中明澄，她抱膝想：不问也罢，一问就坏了感情，养母是好母亲，不便追究。

她伸一个懒腰，那边管家醒来，叹口气。

“小倍，一向一家人最晚起床的是你，现在变得你最早，我们不行啦。”

方倍拉她起来：“真啰嗦，你还不给我做早餐。”

两人匆匆梳洗，果然，不到一会，孙公允起床，走进卫生间，打量一番，关上门，半小时也没出来。

方倍边吃早餐边读报，专注全神，乐在其中。

孙公允打扮好了出来：“唉，卫生间小得不能转身，小倍，你非搬家不可，今日我去银行替你办妥此事。”

方倍伸手按住她：“我坚拒。”

管家亦说：“她一个人住地方已经足够，太太嫌不便可住酒店。”

小公寓已住出感情，方倍不愿再度流离。

方倍说：“当务之急，我要毕业、你要重整业务，别理会旁骛。”

管家点头：“说话渐像大人。”

孙公允又叹口气：“穷人的子女早当家。”

方倍笑答：“我不但不穷，且已老大。”

孙公允说：“司徒律师说起码两个月没见你。”

“我不等钱用，我有收入，我半工读。”

“你在做何类工作？”

“我在华文报做记者。”

孙公允抚摸女儿脸颊："都靠你自己了。"

母女与管家三人结伴购物。孙公允一贯作风，从来不买单件，起码一双，或是半打，一边唠叨："小倍，偶然也要穿上裙子，头发去烫大卷……"一边替女儿买一打白色衬衫。

方倍与管家紧紧拉住母亲的手不放。

孙公允往来银行、律师楼、航空公司，其实没有多少空间，不过女儿紧贴跟随，挽大包小包，她感到开心温馨："天天这样就好了。"一想没可能，又改口："你不用上班上课？"

下午，她们一起吃冰激凌，然后回公寓休息，管家帮忙收拾行李，不一会，司徒律师也来了，一见方倍，讶异说："你这么黑瘦，像另外一个女孩。"

她坐下与当事人详谈，方倍捧上茶点。

司徒又说："以前都是大众侍候这挑剔的孩子。"

每道乌云都镶有银边，经过这次打击方倍脱胎换骨。

她的手提电话响起，是救火车嘟哔嘟哔响声，这表示来电人是邓融。

邓融一开口就说："读过你的报告了。"叹口气，"也不是袁怡。"

"不，不是她。"

"那就剩最后一个了，她叫江湖。"

"多么好听的名字，我羡慕好名。"

"方舟也很动听，是冯乙杰作吧。那小伙子对你倾心，一说起你的名字，立刻毫无掩饰打心底笑出来。”

方倍讪讪说：“你们都那么说。”

邓融笑起来。

就在这个时候，孙公允叫：“小倍，小倍。”

邓融在那边听见，不由得问：“是谁？”

方倍据实说：“家母。”她不想说谎。

“方倍，我欣赏你的坦白。”

“她只停留三十小时，我已感到心足。真是你不知道一个人一件事有多么宝贵，直至你失去他们。”

“我羡慕你俩，我没有这种福气。”

“柏太太你富可敌国。”

“同任何人一样，将来占地六尺乘二尺。”

方倍说：“我会尽快安排第三次访问。”

“你写得很好。”

方倍答：“应该的。”

她现在很会应付，不卑不亢，不承认也不否认。大多数说了等于没说，又不得罪人，她终于练出来了。

孙公允探头问：“什么人的电话？”

方倍答：“报馆上司。”

“司徒律师有话说，你过来一下。”

方倍定一定神，听律师讲解柏氏与王氏夫妇官司最新状况。她听得头晕脑胀，最后问：“解决没有？”

"基本上控诉已经完全撤销，说也奇怪，雷声大，雨点小，这不是柏氏一贯作风，何故？"

孙公允抗议："你希望怎样，拉我坐牢？"

方倍不出声。

司徒说下去："换句话说，你父母可以公开亮相，财产也可见光。"

孙女士却嗒然："行内窃窃私议，我俩不得不转移阵地。"

"当初柏氏与我联络，把工程交给我，我就纳罕，纽约多少人才，他怎么会看上我，还以为鸿鹄将至，不料，是祸不是福。"

这时，方倍的心一动，一时却抓不住什么头绪。

司徒让当事人签署一些文件后告辞。

在门口，他转身忠告方倍："要体贴大人。"

方倍点头。

"不要追究了。"

方倍又点头。

那天晚上，方倍驾车送母亲往飞机场。

养母对她说："我们已经见到曙光，彼此都要保重。"

方倍说："有空我会来探访。"

她挥手送走敬爱的养母。

方倍松口气。

第二天，她约见这个叫江湖的女子。

资料很齐全：她是一个模特儿，高挑身段，三围玲珑，最近拍摄内衣广告。

约好十一点，她还没起床，听到有人按铃，跳起来，先点一支烟，吸几口，才去开门。

方倍看到她有点失望：漂亮名字漂亮面孔，行为恶劣，于事无补。

人倒是很客气："进来进来。"笑时十分妩媚，左脸颊上一颗痣像会跳舞。

她拢一拢头发，拉一拉丝袍："咖啡？"

小公寓仍算整齐，方倍听见她在厨房漱口。

接着她端咖啡出来，开门见山地说："最近有人打探我身世，你是谁，受何人所托？"

"我是《华文报》记者。"

江湖笑。

方倍奇问："有什么好笑的事吗？"

江湖摊摊手："笑有什么坏？太多人欠缺笑容，成日苦着脸，要不生气，从来不笑，我决定凡事笑了再说。"

方倍不禁对她有好感：这样坦白乐天，她有她的优点。

"况且我的职业是模特儿，镜头前非笑不可。"

她把百货公司的七彩传单拿给方倍看："这几页有我。"

方倍一看把她认出来，她很自然地穿着T恤，全身裙以及内衣，示范最新款式。

江湖说："希望有一日可以登上时尚封面。"

方倍即刻说："这些也很好，大有大做，小有小做，各有各做，难道只准索罗斯一人买股票不成，老百姓也可以投资。”

江湖凝视方倍：“多谢鼓励，我昨日接了一支啤酒广告。”

“努力发挥，迷死他们，颠倒众生。”

江湖又笑：“你好有趣，你真是记者？你想知道什么？”

方倍问：“你一个人住？”

“是，我与酒杯酒瓶住，这些酒的名字多好听，像群漂亮女孩：李诗玲、夏丹妮、仙芬黛、香白丹、翩诺娜、桂芝婀……”

“你父母呢？”

江湖一征，笑容渐渐收敛，过一会轻轻说：“他们很好。”

“你是领养儿，不是吗？”

江湖牵牵嘴角：“唯有不良消息传得快过光速，这是谁同你说的？”

“把你身世告诉我。”

“江湖是我的艺名，我养父姓布朗，养母姓许，两人都教中学，家境小康，六岁时，他们领养我，带我到北美洲生活，一切安好，直至我十二岁开始发育。”

方倍已经知道接着发生些什么。

江湖吁出一口气：“后来我才知道，这也不是什么稀罕事故。”

江湖说，她发觉养父的手渐渐不受控制。中年的他身体健硕，十分喜爱东方文物，娶东方女为妻，领取华裔孤儿。他的手臂开头搭在养女肩上，后来移到腰臀。他很含蓄，像是无意之失，可是，心细一点，可以看到他眼中闪过一丝陶醉。

接着，他告诉养女，对男同学要有戒心，切勿与他们友善。

江湖感慨地说："如果是生母，我可以投诉。"

方倍却说："若干生母也会逃避，不信事实。"

"一日半夜我突然惊醒，发觉布朗先生的手在我胸上移动，我惊怖莫名，手脚难以动弹，张大嘴，只会喘气，不会出声，就在这时，电灯啪一声开亮，布朗太太站在房门口。"

那天，是她十五岁生日。

第二天，养母叫她收拾行李，离开布朗家。

江湖说："我如释重负，到女童院居住，直到十八岁成年，找到工作，养活自己。后来，听说布朗夫妇离婚。"

那几年的苦况，不提也罢。最不甘心的是，那也不是什么稀罕的事，弱女的悲惨故事，每天都在发生。

江湖又笑起来："现在，我侥幸过得不坏。"

方倍问："可有寻找亲生父母？"

她摇摇头："换了是你，你会花那种时间心血吗？"

方倍坦率回答："我情愿努力将来。"

"听说有人从各方面打探我，有私家侦探到我经理人处看我履历。我觉得奇怪，我生父与养父都不会有这些财力，是谁呢？"

方倍笑："也许是星探？"

"不会，我遇见过星探，他们都像皮条客，直截了当，有人曾建议我拍成人电影。"

"你确是一名美女。"

江湖笑起来："你也那么说？"

她比方倍的好友坤容还要亮丽妩媚，一举一动，有说不出风情。

江湖叹口气："如果长得像你那样，或许今日尚住在布朗家也说不定。"

方倍啼笑皆非，幸亏她一向豁达，片刻便置之泰然。

"不觉孤单？"

"习惯了，一个人有一个人好处，我给你添点咖啡。"

江湖走进厨房，方倍取出一只小小塑胶袋，把江湖吸剩的烟头迅速放进，小心收入手袋。

方倍把名片放桌上："我愿意帮你义务宣传。"

江湖又展开笑容："谢谢你。"

方倍忍不住像个大姐那样说："少喝酒，不要用药，还有，慎交男朋友，钱要储起。"

江湖大笑，握着方倍的手来回摇晃。

"记住，勿沾色情事业。"

"记者都像你这般热心？"

"你做的奶啡美味至极。"

"我教你——"江湖兴孜孜地教起方倍。

方倍低头沉吟：她们都比她开心；看样子她遗传了一些不快活因子，比一般人抑郁，明明一般是孤女，身世飘零，人家似乎不甚介怀。

而她王方倍却始终戚戚然。

访问完毕，方倍告辞。

她写好报告，快邮寄出那支烟蒂，希望上边有足够因子样板。

邓融路过，约方倍茗茶。邓融这样说："世纪初，有一叫安娜安德信的女子在美国自称是沙皇尼古拉斯劫后余生最幼女阿娜诗泰茜亚，叫公众一直疑幻疑真，结果前数年做遗传因子比较，证实全是谎言。"

方倍说："我读过这段报告，科学家向英王室人员借取样板，因乔治五世与沙皇属表兄弟，全是维多利亚女皇后裔。"

"多么曲折故事，编都编不出来。"

方倍与邓融渐渐无话不说。

邓融问："你猜江湖可是我家人？"

方倍摇头："不可能，她缺乏你的含蓄沉着。"

"也实在长得太美。"

方倍不以为然："美有各种各类。"

邓融微笑："你心思宽容。"

方倍说："江湖希望做杂志封面。"

"是吗，这个愿望我倒可以帮她实践。"

方倍很是高兴，忽然挂念那两个幼女："孩子们好吗？"

"托福，读书还算聪明。"

"她们三个人都不是亲人，恐怕你又得从头开始。"

邓融笑："我有的是时间。"她真谦逊。

方倍细细打量邓融：她好似不大失望，胸有成竹，一派悠然，莫非一切都在她意料之中？

什么，方倍起疑，她掌握了什么？

这次，邓融赠送名贵衣物给方倍。方倍大力推辞：“我用不着。”

“你看看，都是你常穿的白衬衫卡其裤。”

是，这些是千余美元一件的白衬衫与卡其裤，方倍只得收下。

告别时邓融忽然伸出手来想抚摸方倍头发，方倍愣住。邓融及时缩手，她有点尴尬地说：“我们再联络。”

方倍拎着大包小包回家，大力吞一口涎沫：对她那么好，有什么企图？

这次想摸头，下次也许是肩膀？方倍忐忑，但随即笑出声来，太多疑啦。

她这个中人之姿，中人之质，大可放心；女子，越美丽，才越危险。

回到家，她坐到书桌前疾写：“一个人与一本书一样，均有结局。写这个结尾，是那个人本身，不是际遇。结尾要顺理成章，舒服坦贴。很多人，到了中年，已可预知没有结尾，像大城市最贫穷一角男子公寓三零七号房的庄士顿……”

“庄士顿买卖小量毒品，欠债不还，一日被殴，不见了半口牙齿与一条手臂，从此更加潦倒。没有人记得，童年的他，金发蓝眼，曾在教会唱圣诗。先后两张照片胜过千言万语。”

写毕，方倍松口气，有种难以形容快活感觉。她固然喜欢写作，可是更爱完成作品之后的满足感。

她翻阅英文报章，看到聘人广告：“征东南亚通讯员，需有相关文凭及工作经验。谙国、沪、粤语者优先考虑。”

方倍眼前一亮。

这份工作是优差，不但提供住宿，且包来回飞机票，可是，方倍还不够资格。

假使她新闻系毕业，有三年工作经验，又真谙流利华语方言，她就可以申请。

方倍脑海中闪过一个念头：可否夸张一点，在履历上加油加醋，以便达到目的？

学校里一位讲师，年年毫无人证物证地宣称他的论文已提名诺贝尔经济奖项，又时时有男同学向女友暗示，已获大公司如微软苦苦恳求加入。

夸张促销是否可行？

方倍蓦然想到养父母的遭遇：也是这样开始的吧，开头只是为着面子，多讲一两句，接着，因获得良好反应，一步一步，朝谎言陷阱走进，终于，借此获利，更加不能自拔。

方倍惊心：不可以！她把聘人广告丢到一边。

冯乙找她："方倍，可看到英语报上聘人广告吗？"

呀，怎么没想到，冯乙才是适当人选。

"我已去信应征。"

"什么，你要离开华文？"

"是进步向前的时候了。"

方倍鼓励他："马到成功，水到渠成。"

冯乙笑："你这人，口气像老油条。"

“好话谁不爱听，我终于明白颂词不嫌多。”

“一年前见你，你像毛毛头，今日，又太过老练。”

方倍故作遗憾：“您老怎么都看我不顺眼。”

“你不反对我往东南亚工作？”

“往哪里都只是十多小时航空旅程，你要见的人一定见得到，你想做的事也一定做得成。”

冯乙点点头：“事情十划还没有一撇呢。”

他与方倍到一家叫“五道甜点”的餐馆。那里，前菜及主菜都是甜品，叫本来不十分嗜甜的方倍完全倾倒，吃完五道菜，起码吸收三千卡路里。

可是甜品，尤其是巧克力，叫人心中乐滋滋。

方倍叽叽喳喳说着她的童年往事。

“我最早记忆，是幼稚园第一天上课，拉扯着不让母亲离去，老师要转移我的注意力，便给我一块积木，说：‘这是红木做的，红木比水重，遇水会沉’，我一回头，母亲已经离去，我痛哭失声。”

冯乙笑而不答。

方倍回家休息，她企图再度回忆，可是一点也想不起被领养之前的日子。

她叹口气入睡。

第二天到报馆时候，看到方舟专栏样板，大吃一惊，连忙找编辑。

“这张照片刊错，这并非本人。”

助编还否认：“不是你是谁？”

方倍既好气又好笑："这是邓融女士。"

助编这才吓一跳，细细端详，拍着胸口说："幸亏发现得早，可是你看，多么相像：同样脸型眼神。"

方倍笑说："我也希望像柏太太——"

忽然停止说话，她坐下把两张照片细看，真的说不出相似。平时不觉得，因为一个是督印人，另一个是小小撰稿员，地位悬殊，且衣着打扮也相差甚远，今日才发觉瘦却后的王方倍与邓融同样有着长方脸。

助编说："我马上改正照片。"

方倍轻轻说："虽说本市《华文报》只得八千销路，可是我们要当它八十万那样做，你说可对？请恕我直言。"

助编脸红："你说得对，我完全明白。"

方倍拿着两张护照相片回家，想了半天。

她取出一张大卡纸，钉在门上，拿起笔，在纸中央写了一行大字："柏尔曼聘请王氏夫妇担任装修工作。"

一切都从这个关键开始。

她自中心点画出一条线，注明："二十一年前，王氏领养孤女方倍。"

这两件事有什么关联？

方倍又写下："柏夫人邓融有一个失散小妹，年龄与王方倍相仿。"

方倍再写："柏夫人到处寻找这失去的妹妹，但三名可能性女子都已排除血缘关系。"

方倍放下笔，呆视大卡纸上字样。

忽然之间，她上前写上：“假设王方倍也是柏太太心目中的可能性人物。”

方倍跌脚，恍然大悟：邓融利用她的人力物力，在人海中寻找亲妹，四处撒网，已包围了几个热门人物，而她王方倍正是其中一名。

她却懵然不觉，一路还帮邓融寻人。

邓融一早已经找到了方倍，邓融因寻找方倍才与王氏夫妇这对养父母接触，借此观察方倍。

方倍跳起大叫：“我明白了！”

谁是方倍的读者？没有人，她号称读者云云完全是一种借口，邓融一心想接近方倍。

可是方倍有无可能与邓融是姐妹？

方倍双手颤抖，她斟出一小杯白兰地，仰头喝下，略为镇定。

一张张碎图渐渐拼拢，方倍看到一幅比较完整图画：一切因邓融寻人而起。

啊，是邓融精心设计的图则。

背后，王家三口不知被私家侦探查探多久。

“王氏夫妇领养王方倍，但是女孩并不知非亲生。”

“王氏夫妇号称建筑师，事实校方并无录取记录。”

是方倍连累了他们。

“王氏代理古董建筑材料全部属假，无一是真。”

因此揭发王氏经营上纰漏。

方倍睁大双眼，一切因她而起，她却懵然不觉。她像出了窍的灵魂，见街上人群围观，也挤上去：“什么事？车祸，有人倒毙？”一看，才发觉地上躺着的正是她自己，魂飞魄散。

方倍张大嘴巴，金鱼般喘息。

要证实此事，并不困难，多谢科学。

她撕下门上卡纸，强逼自己休息。

到底年轻，还是睡着了，可是一直做乱梦，忽而看见邓融同她说：“父母久无讯，早已不在人间。”转瞬间又看见有人把襁褓中的她拎出去卖掉，清晨惊醒，比没睡过还累。

方倍轻轻取出一只杯子。上次与邓融喝茶时，她趁邓融不觉，收在口袋里，上边染着邓融少许涎沫，已足够验证。

方倍与邓融何其相似，二人都具心计。

方倍似听见一个小小声音在她耳边说：倍，随它去，不要追究，你答允过前程最重要，你何苦掀揭旧事，向前走，莫回头。

忠言逆耳，第二天一早，方倍带着样本到化验所。她付了费用，化验师对她说：“两个星期后可得结果。”

那么久！

不过这一段时期方倍也没闲着，她忙着写功课，应付测验，陪坤容添置婴儿用品。

方倍到东南亚探视，同时见到养父母。两人气色都很好，他俩的新居美轮美奂，在一间大厦顶层，可以俯视整个河港。

王正申对女儿说：“我头发全白了。”

方倍知道该怎么回答："只是鬓角一点白，不知多潇洒。"

王正申哈哈大笑，这样说："真没想到东南亚做生意如此容易：客户疏爽大方，愿意花费，绝不斤斤计较，我已把佣金调高到百分之二十。"

孙女士也附和说："因祸得福，只是天气惩罚性炎热，全年冒汗。"

"小倍，过来陪伴父母，转转环境，人会聪明。"

方倍真想回家过着同以前一模一样的无忧生活。

但是她已经长大，她的世界也已经转变。

新任管家亦是烹饪高手，做得一手好沪菜，各式小点尤其美味，有一款粉红色糖馅糕点，咬下去，会叫人"嗯——唔"一声。叫什么？叫做"心太软"。到了这时，方倍决定把美丽的沪语学好。

假期完毕，王正申问："还喜欢吗？"

"我已习惯北美小镇宁静生活。"

孙公允笑："口气比我们还苍老。"

方倍发觉他俩如注射过类固醇及荷尔蒙，伤口已经痊愈，他俩生命力何等坚壮。

方倍没有问任何问题，吃喝玩乐一番，打道回府。

她为坤容一家精心选购了若干民族服饰，但是来接飞机的却是冯乙。

"那边民生、经济、环境如何，请即转告。我已找到新职，日内将赴该市。"

方倍低头不语。

“你好像有点累，我先送你回家。”

方倍轻声回答：“那里人挤人，马路上肩膀相擦，如过江之鲫，市面繁华到极点，还有，人非常聪敏，十分崇洋。”

冯乙笑：“我要听的就是这一句，那我就扮洋人好了。”

今日的方倍已习惯离合，尽管不舍得，面子上也不露出来。

回到家，管家走出：“快去沐浴洗尘，我做了烧牛肉。”

冯乙知道他亦有份，大声欢呼。

老好瓜达露比拉住方倍的手走到一角，紧张地说：“电话录音上有化验所留言，说‘报告已经出来’，小倍，那是什么报告？”

呵，终于有结论了。

管家拉着方倍的手，声音微颤：“小倍，你可告诉我，那不会是验孕报告吧。”

方倍一怔，嗤一声笑出来，拍着管家的肩膀：“不，不是。”

管家松口气，又有点失望：“你与冯先生没有更进一步？”

方倍拉下脸来：“这是我的私隐。”

冯乙扬声：“这烤牛肉可否给我带回家夹三文治？”

管家连忙去招呼贵客。

方倍沐浴更衣，匆匆前往化验所。

化验师一见她便说：“王小姐，你来了，报告在这里。”

方倍心跳忽然加速，她静静坐下。

化验师对她说：“两个样板，比较因子，你想知她们是否姐妹。”

方倍答："是。"

化验师说下去："答案是不，她俩不是姐妹，姐妹因子有百分之七十五吻合。"

方倍张大嘴巴，又合拢，她垂头，不知是失望还是放心。

但是化验师还没讲完，他说："两个样板的提供人不是姐妹，是母女关系。"

方倍像是迎头被一个强达一百八十分贝霹雳打中，耳膜嗡嗡响。

她双脚发软："不，不可能。"

化验师轻轻说："脱氧核糖核酸不会说谎。"

方倍努力站起，取了报告，出了化验室大门。

她往东走，半晌，抬起头，咦，这不是停车场，又转头往西走，可是她在一家咖啡店前停步，车子在什么地方？

方倍抬起头，只见红日炎炎，她眼冒金星，走进咖啡室，叫了一杯热茶。

方倍心酸落泪，这种事发生在别人身上听着有趣：什么，你们不是姐妹，你们是母女？好不复杂，怎会发生这种事，愿闻其详……

这次，她是当事人。

邓融与王方倍是亲生母女，二十六岁的她如何生下二十一岁的她？

可是你会说谎，我会说谎，遗传因子不会说谎。

方倍沉思，这么说来，邓融不是二十六岁，她隐瞒真实年龄。

为什么？怕年近一百岁的柏尔曼嫌她年纪太大？

方倍不禁好笑。

女性为什么要隐瞒岁数，先是因为生理原因，只有年轻女性才有生育能力，可与男性繁殖下一代。接着，还有心理因素，年轻女子天真、活泼、乐观，如漫画般可爱，三十余四十岁，已经历经沧桑，过去如史诗，谁会耐烦阅读。

自幼闯江湖的邓融当然明白其中道理。

邓融起码三十九岁了。

这么说来，她的出生证明文件和护照上的资料全是假的，她控诉王氏夫妇挂假文凭买假古董，不过是贼喊捉贼，五十步笑百步。

方倍忍不住，歇斯底里哈哈大笑。

邻座转头注视，她掩住嘴巴，继而落泪。

天下竟有这样复杂的事。

她走出咖啡店，这次认清方向，停车场在南端。

她开车回家，坐在客厅，痛快地大哭一场。

然后，把浮肿的面孔浸到冰水里一回。

方倍拨电话找邓融。

秘书回复："邓小姐与女儿在南欧度假，这两天尽量不听电话，你是王小姐吧，王小姐有事可告诉我。"

方倍这才发觉声音沙哑，她说："告诉邓小姐，我全知道了，我想与她面谈。"

"明白，我会尽快转告。"

方倍颓然坐下，这时她发觉天气已经凉快，她套上大毛衣，继续发呆。

半夜邓融才复电："我与孩子们去采葡萄呢。"

方倍不出声。

邓融试探："你全知道，知道什么？"

"我们是母女。"

邓融凝住。

"这都是你安排的吧，你一步步让我接近真相，终于了解全盘事实，为什么化简为繁？你其实只需派一名律师对我说：'邓融是你生母，相认与否，完全自由'，为何诸多试探？"

邓融不语。

方倍叹口气："真没想到。"

"倍，我派飞机接你——"

方倍忽然生气："我不要乘私人飞机！"

她啪一声挂断电话。

方倍用枕头捂住面孔，不出声。想起小时候，有要求，父母逆她意思，她就屏住气，把小面孔涨得通红，叫他们痛心。

现在已经老大，再也不能用这种伎俩。

第二早，她起来做调查，首先，她要知道小公寓的业主是什么人。她找到地产注册处网页，付出查阅费用，键入地址，业主姓名地址立刻出现，那是一家公司，叫做登龙拓展，地址在纽约。

登龙，谐音邓融，会不会是她的产业？

方倍拨电话到登龙公司："我想与邓小姐说话。"

她希望接线生说"我们此地没有这个人"，但是对方却说："请你等一等。”

方倍吃惊，原来连养父母都一早知道邓融与她的关系，这简直是一个阴谋。

一会儿，有人来接电话：“请问是哪一位找邓融小姐？”

方倍一听那声音，一颗心沉到脚底，她认得那声音：“司徒律师，是你吗？”

那边一怔，可是很快恢复镇定：“是，小倍，是我，邓小姐也是我客户。”

“王氏夫妇一直与邓融联络？”

“没有你想象中那么复杂，你的养父母并不知道生母已经找到了你。”

“嘿！”方倍激动得声音颤抖。

“小倍，你应当高兴才是。你酷爱采访写作，邓融是全球十多家华文报的督印人，你可以大展拳脚，还有，将来用英语写作，前途无可限量，你需把握机会。”

方倍气恼，忍不住抢白：“对，把王氏夫妇作价换柏氏夫妇，一步一步换上去，直至登上龙门，成为皇室贵胄，自称陛下，一切以利益出发。”

司徒叹口气：“你歪曲了我意思。”

“司徒律师，答应我一件事，如果王正申与孙公允不知道邓融是我生母，别向他们披露，他们至爱我，是世上最佳父母。”

“方倍，我马上来与你面谈。”

"不敢当，你出差按时收费，至为昂贵，不知叫哪家支付。"

司徒生气："这是你对长辈说话的礼貌？"

"对不起，唷，我忘记你也不过是听差办事。"

方倍挂上电话，这时，发觉自己泪流满面。

一抬头，看到管家站在她身边，一脸焦虑狐疑："小倍，你与谁开谈判？为甚痛哭？那人如果没有良心，不肯承担责任，你也千万不要灰心，这里还有我！"

方倍一愣，不由得破涕为笑，握紧管家的手："不是你想象中那样。"

管家忧心忡忡："可是冯先生？"

"不，不，你去做你的事，记住完全与冯先生无关。"

这时同学打电话来："王方倍，讲师警告：你再欠一堂课，就判你不及格。"

"我马上回校。"

哪处危急就先医哪里，她飞车回校。

那一天她乖乖在学校留到六点钟，还故意与讲师说话，招他注意，盼他原谅。

冯乙接她晚饭，在一间上海小馆方倍吃了一打小笼包，心满意足之余，她说："冯乙，我俩结婚吧。"

冯乙凝视她："待我做好工作，置好房舍，一定正式向你求婚，等我三年吧。"

"我已老大，等不及了。"

“那么，等你明年毕业，我们在本市注册。”

“你看你，凡事按部就班，算盘子，搬一搬动一动。”

“倍，你热情冲动，我正好与你起个平衡。”

回到家，门一打开，管家便说：“小倍你去了何处，一位太太带着两个孩子来探访你。”

方倍吃惊：“你放陌生人进屋？”

“她带着两个小孩能怎样？”

这时，客人听见声音，走出来，笑说：“小倍，你回来了。”

她穿着简单西服，可是脖子上一串桂圆大金色珍珠把她衬得十分贵气，一看就知道富泰。

方倍无言。

管家识相，搭讪地说：“小倍，我下班去。”

方倍转头：“你请留下，你与我相处多年，如同亲人。我替你介绍，这位柏太太是我生母，这两个安琪儿般小女孩是我妹妹。”

管家呆住。姜是老的辣，她连忙说：“我去做一壶热咖啡。”

两个小女孩对倍的蜗居大感兴趣，大的那个轻轻说：“像洋娃娃屋。”

管家叫她俩：“来，我教你们做蓝莓松饼。”

她们愉快地跳进厨房。

方倍对邓融说：“私人飞机真方便。”

邓融微笑：“可不是。”

方倍摊摊手，拉拉双耳：“我愿闻其详。”

邓融说："我代你庆幸，连保姆都这么爱你。"

方倍感喟："我的运气不错。"

邓融缓缓叙述往事："我把女婴放在亲戚处，答允三个月内领回，可是过了一年才储够生活费，到了他们家，发觉已经整家搬走，女婴失踪，据邻居说，半年前不见我影迹，以为放弃，所以交给孤儿院。"

方倍不出声，那时她没有意识，从一双手交到另一双手，稍有闪失，便不能存活，可是，靠着一丝运气，她活了下来。

方倍问："那一年，你几岁？"

"十七岁。"

方倍叹气："我的生父是谁？"

"我不想再提，接着，我到孤儿院寻找，他们说有一对加籍华裔夫妇领养你带你到北美生活，我下定决心寻找你下落，把当年该月领养女婴名单抄下来，一共四人。"

"为什么去新加坡？"

"数年后，我伪造履历，买到各种假证件，在星洲一间华文报任职。"

"那几年发生过什么事？"

邓融用一种不卑不亢的平静语气说："那些都是我的私隐。"

方倍点头："我明白。"

"不久之后，我认识了柏尔曼。"

世人还有好人好事。

"接着十年我继续寻找女婴，终于得到结果。我希望你原谅我。"

方倍清一清喉咙："我并没有少一根指头，养父母善待我、厚爱我，我因祸得福。"

"我希望你归宗。"

方倍大表诧异："你想我转姓柏尔曼？"

"是，对你有益处。"

"不，"方倍诚恳地说，"我姓王，我很满足现况，我不责怪任何人，年过二十一，我对自身负责，我不愿突然富贵。"

"小倍，帮我建立《华文报》王国。"

方倍双手乱晃："你注定失望，我全身并无一个野心细胞，我写一个专栏已足，你应知我脾气。"

"那么，小倍，让我照顾你，我帮你转到卫斯理女校读书，还有，提供你生活费用。"

方倍看看生母："你若真想对我好，请勿干涉我生活自由。"

邓融气馁："你不愿接受我。"

汗流浃背的方倍正想再次解释，管家与两个孩子捧着松饼出来。

管家温言说："柏太太，给小倍一点时间，她只想自由自在，舒服写意地过日子。"

方倍如释重负，只有这名管家明白她。

邓融凝视大女儿："妹妹有的，你也会有。"

方倍苦笑。两个小妹正开心地吃着松饼，她俩的生活不轻松，邓融明显对她们有期望：她们需学好中、英、法文，熟识希伯来礼节，与柏尔曼成年子女一争长短。换句话说，她们除出庞大财富，一无所有，方倍并不羡慕她们。

邓融握住方倍双手。

这是两双一模一样的手，连尾指特别短的特征都完全吻合。

方倍搭讪说：“我们尾指足足比人短了一截，听说，这样的人比较笨拙，唐氏综合症患者尾指也短。”

邓融苦笑：“我的确愚鲁，误信人言，遭到欺骗及遗弃。”

方倍恻然：“你很吃了一点苦吧。”

邓融答：“现在过得不错。”

“谁都知道这是真的。”

方倍觉得宽慰。

管家这时轻轻说：“两家以后多走动，好不容易团聚……”老好人忽然哭了。

邓融也忍不住痛哭。两个小孩看见妈妈流泪，受到惊吓发呆，方倍连忙搂住她们。

管家给邓融一块冰水毛巾，她擦了擦面孔：“我还要赶到旧金山开会。”

方倍说：“你去忙吧。”

这时，司徒与保镖上来敲门。

柏太太牵着女儿的手告辞，两个小女孩一边走一边清脆地说着普通话，原来她们在学习会话：“谁在笑？”“你笑，他笑，我笑，大家笑。”“吃饭没有？”“还没。”“去哪儿吃？”“去兴隆楼吃饺子。”“好吃吗？”“好吃好吃……”

她们可爱得都不像真人，这一辈子，也不会与真实世界有什么接触。

瓜达露比动容：“小倍，怪不得你最近精神不振，魂不守舍。”

方倍缓缓点头。

“这件事王先生和王太太知道没有，冯先生可知情？”

方倍答：“就你一人知道，我仍然是我，我不会改变，因此，也不打算向他们披露真相。”

“守着这样大的秘密，一定辛苦。”

方倍双手掩脸：“痛不欲生，再也别想笑。”

稍后，成绩表发回，王方倍成绩照旧普通，最高分一科不过丙加。她微笑：可以做得更好一点吗，大抵不会太难，但是肯定要咬紧牙关，青筋毕露，这又是为什么。

她自学校出来，有人迎上：“小倍，还记得我吗？”

方倍一抬头，看到老财阀柏尔曼，他笑起来一脸皱纹：“可以说几句话吗？”

方倍点点头。

他感慨地说：“你姐姐终于找到你了。”

方倍一怔，忍不住露出笑意，邓融是高手，始终没向柏尔曼表明真相。

“你姐姐多年来苦苦思念你，不住寻人，时时哀泣，有时整日食不下咽。”

方倍不出声。

"你愿意与我们一起吗？"

"柏先生，多谢你好意。"

"我是你姐夫，你可以叫我艾萨。"

方倍一愣，太不敬了，他已是百岁老人，不，至少也有八十岁，怎可乱叫他名字。

"你看你与邓融长得一模一样，其实一早就可相认，两姐妹都是美人。"

方倍忍不住又微笑，在柏尔曼眼中，邓融根本没有缺点，邓融大可把秘密告诉他。

他把方倍带到市内一间私人会所喝下午茶，会所中其他会员看到柏尔曼几乎要五体投地那样膜拜。

柏氏介绍："我小姨子方倍。"

那些人纷纷叫邓小姐，送上名片。

柏氏转头对方倍说："到公司来做我私人助理。"

方倍笑而不答，她才不想卷入豪门恩怨。

柏尔曼有点失望，但似乎更加安慰："你们姐妹都是善良怯懦，毫无野心。"

方倍骇笑，这智慧老人在别的事上精明得叫人害怕，可是他眼中的邓融却与事实略有出入，邓融有通天本领，蒙蔽他一辈子。

"你俩是世上最可爱的女子。"

方倍几乎要说："不敢，不敢。"

"搬到纽约来吧，小镇虽然宁静，住久了，眼光浅窄。"

方倍唯唯诺诺。

“我们不勉强你，你准备好了，只要与我说一声便可以，有空时时来看外甥女。”

方倍回答：“是，是。”

在贴身保镖保护下，他登上了车子离去。

方倍又一次微笑，柏尔曼与邓融真是配对，这叫做周瑜打黄盖，一个愿打，一个愿挨，这样才能白头偕老。

接着一段时间，方倍帮冯乙收拾行李。

她说：“不必备各季衣裳，在亚热带十二摄氏度叫寒冷，不要对女孩子乱笑，人家会以为你心怀不轨，沉默是金，对同事要和睦。”

冯乙觉得方倍口吻如一个小母亲，十分感动。

她送他到飞机场，挥手道别。

冯乙正在黯然，有一把清脆的声音问他：“女朋友？”

他冲口而出：“人家哪里愿意。”

抬起头，看到一个明眸皓齿的少女，她说：“我叫苏聪，读建筑系，毕业回去找工作。”

他俩攀谈起来。

回家途中，方倍亦有依依不舍感觉，但是她随即想：“阿乙一表人才，也许已经有女孩向他搭讪，大展鹏程。”

她猜得一点也不错。

这个憨厚的男生，在王方倍生活起最大风浪的艰难时节，帮了她大忙。

如今风流平静，他功成身退，可是这水这滩已经滚桶似翻了一翻，面目全非。

方倍黯然。

她找坤容聊天，坤容说："我在医务所做检查呢，有什么事？"

她只得说："问候一下，你好好休息。"

朋友们都有他们的首要事务，无暇兼顾旁骛。

雪上加霜的是，管家留了一张字条，说她回老家探亲，一个月后再见。

方倍拍着胸口："不怕，幸亏我有读者，我喜欢写作。"

她打开报纸，看到一段新闻："本月第五宗童党行劫事件，一群十二至十五岁亚裔男童，清晨六时左右在中央公园围住一名女子问时间，女子不以为意，停下脚步，不料众童出示利刀，打劫女子手表钱包……"

方倍抬起头。

在童话故事《小飞侠》中，有一群男童，叫the lost boys，迷失男孩，这些，就是他们。

圣诗中有一首歌，叫《奇异救恩》，其中最感人两句是："一度迷失，现已寻得，曾经失明，今日看见。"

方倍想一想，决定到中央公园去一趟。

那群迷失的青少年时时在该处出没。

深夜，她到快餐店买了大桶炸鸡薯条汉堡，及汽水果汁；到了中央公园，她把食物放在野餐长凳上，她坐在一旁听音乐。

不到十分钟，有人在她背后说："小姐，你找死。"

方倍转过头去，她看到一个粗眉大眼的年轻人，他肩上挂着摄影器材，分明是行家。

方倍不以为忤："我是《华文报》方舟，你是哪一位？"

"啊，原来是你，我是《星报》李信。"

两人握手，李信忠告："你这样做太危险，是哪儿来的勇气？这班童党有刀有枪。"

方倍问："你又来做什么？"

"我来做新闻。"

"你不怕危险？"

他搔搔头："哟，我躲在树叶后拍摄，我的司机就在路边，一叫他听得见。"

"那么我先走了。"

李信不惑不解："你这就走？"

方倍回答："我想知道，他们为何夜游不归，为何知法犯法，他们的父母呢，他们有否上学？"

方倍离开公园。

一连三个晚上，她都送食物到公园。

第四个晚上，她听到口哨声，原来是李信在树叶后招呼。

天气渐有寒意，李信给她一杯热可可。

他说："我明白了，你要先取得他们信任，他们才会让你做一个深入访问。"

方倍轻轻说："我只想他们饱餐一顿。有一位中年太太，风雨不改，二十年来每星期四做一百客热汤三文治，用小货车载到东区，招待街童，派完为止，街童都认识她，可是她一言不发，她一直是个无名氏。"

李信看着方倍，有点感动。

方倍问："你每晚在此，拍摄到什么？"

"你离去不久，他们一群人大约十名左右，便聚集在野餐桌上狼吞虎咽。可怜，分明已饿到极点。叫人诧异的是，吃完他们居然收拾垃圾。"

"之后他们做些什么？"

"吸烟，喝啤酒，交换药丸。"

方倍问："他们什么时候回家？"

"我在五时左右偷偷溜走，我猜他们在公园过夜。"

"过一个月也许要下雪了。"

"那么，他们会转移阵地，到收容所去。"

"没有家吗，为什么不回家？"

李信看着她："方舟，你文字不错，人却钝滞，他们何尝有家？"

方倍黯然。忽然，李信握住她的手，把她拉近，方倍抬起头，发觉他俩已被包围。

一群少年瞪着他们："是你们送食物来？"

方倍点点头。

他们走过来坐下。“今晚有饺子。”“我多时没吃过叉烧饭了。”“有豆沙包子呢。”

那一群少年转过头来：“你们是记者吧，想知道什么？”

方倍连忙说：“回家吧，父母会挂念你们。”

“他们通宵在快餐店做夜班”，“我一个人在本市，他们在东南亚”，“我妈晚上打牌，天亮才返”，“我去年已被赶出”……

方倍说：“一个一个，慢慢说。”

“明天可否带些鸡汤？”“最好有水果。”他们苦中作乐，嘻嘻哈哈笑成一堆。

真奇怪，还笑得出呢。其中一个女孩嘴角糜烂，方倍十分担心，嘱她看医生。

临走，她把外套脱下给女孩穿上。

天色已经微亮，李信送她回报馆。

他说：“救得一个，救不了一百。”

方倍回答：“帮到一个是一个。”

“你很积极。”

方倍微笑：“我们曾经一度都在生活中迷失。”

“你有试过吗，我看没有，一看就知道你出身良好，一帆风顺，无波无浪。”

方倍忍不住笑出来。

李信问：“一个人在这里读书兼工作？我是你读者呢，每天拜读你的专栏。”

方倍说：“我请你吃个早餐吧。”

李信欣然答应。

两个年轻人一夜未寐，却精神奕奕，谈论着采访心得，边吃边讲，十分投契。

“《华文报》越办越精彩，已非旧时模样。”

“人若自重，人必重之。”

“听说《华文报》已为传奇人物邓融收购，可有一睹她庐山真面目？”

方倍却说：“时间差不多，我要回报馆工作。”

同事们都知道她身份特殊，待她小心翼翼，方倍也特别斯文沉默，免招闲言。

正当她写得投入，同事走近轻轻说：“邓小姐找你。”

方倍跳起，同事笑。

她去听邓融电话，邓融说：“我来接你——”

方倍轻轻打断：“我有工作在身。”

“但是，小倍，你替我工作。”

“我替《华文报》工作。”方倍分辩。

“是，是，每次说话，都得我亲身拜会吗？”

“这样吧，一人一次，上次你来，这次轮到我，你在什么地方？”

“你的养父母真把你宠坏。”

方倍很高兴：“你说得对，他们纵容我。”

“我在圣保实禄酒店。”

“我马上过来。”

方倍把访问上传交给编辑，编辑一见题目是大大一个LOST，便说：“方舟你可有发觉，自你第一篇稿子开始，你写的便是寻找失物，潜意识你永远在寻找什么似的，叫读者恻然。”

是吗，方倍发呆。

“冯乙有消息没有，他该抵埗了吧。”

“一早就到了，只给我一个短讯。”

“方舟，你要把他抓牢啊。”

方倍微笑，她一向不懂这些。

“你的被访者几乎都成为你的朋友，可是编辑却走到八千里路以外，多么奇怪。”

方倍走出报馆，这时，她有点疲倦。

一辆大车驶近，方倍认得司机，朝他点头。一上车她不禁盹着，过了一会，惊醒，身上盖着毯子。车子停在酒店车房，司机朝她微笑：“柏太太说让你小睡三十分钟。”

啊，太过大意。

邓融这时过来敲车窗：“已经深秋你还穿单衫，当心冷出病。”

她带她到爱马仕买衣物。

名店把名人当神明，一下子外套毛衣堆满任试，方倍挑了几件，邓融吩咐：“每种三件。”解决方倍换季问题。

无论你怎样看邓融，她这点豁达爽快，的确是优点。

邓融挽着方倍的手，一直回转酒店房间。

方倍问："妹妹呢？"

"在家，稍后一起往波拉波拉——"

方倍立刻说："不，我不要一起来。"

邓融无奈地笑，拍打着方倍的手背。

这时，套房寝室内忽然传出老人咳嗽，方倍知道这是柏尔曼，他咻气，喉咙像是要呛出一只青蛙，终于吐出浓痰，那种可怕声音，叫方倍颈后寒毛竖起。

接着，方倍在门缝中看到柏尔曼缓缓走进卫生间，他穿着背心睡裤，全身松弛皮肤打转，特别在腰间，下垂像一块布围巾。

方倍很吃惊，心中恻然。智慧老人运筹帷幄，富可敌国，可是究竟是凡人，体能衰退，无可避免，而邓融要侍候他，日子亦不易过。

邓融过去掩上门，轻轻说几句。

然后她对方倍说："到我那边去。"

原来邓融住在另一间连接的套房。

房里全是一叠叠华文报，唯一装饰，只是一大束白色玉簪花，静静散发芬芳。

收音机正好播放着一首二十世纪二十年代的怨曲，女歌手这样倾诉："青春爱情出售，天真、热情、略有污渍，青春的爱廉售，你愿试一试样版吗，或者正是你在寻求的爱情呢……"

方倍听得发呆，一时没留意邓融说些什么。

"……青春的爱出售，热爱、痴爱、长爱、短爱，什么都有，除出真爱，青春爱情廉沽……"

方倍受歌词震撼，她忽然不顾一切问邓融："你爱柏尔曼吗？"

邓融像是一早有准备，她回答："他是我恩人，我一辈子敬爱他。"又是这个老答案。

接着，她翻开报纸，与方倍讨论版面及素质是否可以更进一步的问题。

方倍自觉不堪抬举，几乎要打呵欠。

酒店侍应送茶点到房间，方倍看到芝士蛋糕，才打起精神。

不一会柏老出现，戴着宽边双光眼镜，脸上密布深坑皱纹及老人斑。他笑着说："世上最漂亮的一对姐妹花就在我眼前。"

连方倍都忍不住笑。

他喝黑咖啡，面包不加牛油，只搽些许果酱，那便是他的早点，稍后，司机接他出门开会。

邓融说："每天出门前，他必定与我讲几句话，他说：'那样，如果回不来，也算是话别'，十分细心。"

方倍轻轻说："虽然这样，你还是爱自己最多吧，否则，你会告诉他，方倍是你的大女。"

邓融沉默，她知道大女儿心里永远会有疙瘩。

方倍缓缓说："失落的感情与友谊，即使失而复得，却已经变质，实则上什么也没有得到。"

邓融轻轻回答："你还年轻，要求过高。"

方倍微笑："是的，我还年轻，我还有许多时间可供浪费。"

"你需要什么，同我说。"

方倍答：“宣明会请求善长仁翁为赤贫国家乡居捐助一口井，或是一只耕牛、两只羊、六只鸡，帮他们自力更生。”

邓融说：“我明白。”

“又‘微笑行动’表示，三百美元便可治愈一名儿童的兔唇裂腭，改变他一生。”

邓融笑了，看着方倍：“你这个孩子，到底像谁呢。”

方倍说下去：“奥比斯飞行眼科医院也是我最敬仰的慈善行动。”

邓融说：“慈善从本家做起，你能否对我亲热些？”

方倍想与她拥抱，终究不能勉强，母女仍然陌生。

邓融嗒然。

方倍说：“我计划探访养父母，鼓起勇气，问他们一个重要问题。”

“那是什么？”

方倍语气转为哀伤：“成年人世界是否谎言世界，究竟什么是真，什么是假。”

邓融不再出声。

方倍觉得也抢白够了，便说：“我还有工作呢。”

邓融说：“你去忙吧。”

也只有对亲母才可以如此放肆。方倍临走，与邓融轻轻拥抱一下。

邓融泪盈于睫，别转头去。

回到报馆，看到楼下大堂布告板上贴着大字招贴：“失物！五十年前家祖母的订婚指环，镶有三颗碎钻，市值三百元，愿意归还者可获赏金一千，决不食言。”

方倍心里想：你若是真正珍惜一个人一件事或是那只指环，你就该目不转睛，小心呵护，莫待失去之时，才惨声呼痛。

有人叫她：“方舟。”

她转过头去。

原来是她的新朋友李信。那小伙子满面笑容：“找到你了，原来你的真名叫王方倍，还是方舟容易记，是个好笔名。”

方倍微笑：“有什么事吗？”

他搔搔耳朵：“必须有事？无事也能看场戏，吃顿饭吧。”

“童党可有进展？”

“昨晚东区又有一起伤人案，五个少年凌晨用铁枝殴打中年汉，劫走财物。”

“呵，你有无将本月同类案件地点在地图上列出？”

“好主意。”

方倍笑：“今日大家忙功课，明天一起吃饭。”

李信看她：“你一身名牌，到底是何身份？”

“有机会慢慢告诉你。”

他们都需要时间，说不定真可以失而获得，对人生重拾信心。

THE NEW ENGLISH BIBLE
New Testament
832 Sch
Surely You're Joking Mr Feynman

请您认真填写以下每一栏

* 姓　　名：________________
* 性　　别：□男　□女
* 出生年月：________________
* 学　　历：□高中及高中以下　□专科或大学　□研究生以上
* 职　　业：□学生　□资讯　□传播　□行销　□服务　□金融　□自由　□其他
* E-mail：________________
* 联系电话：________________
* 地　　址：________________
* 邮　　编：________________

* 您购买的书名：________________
* 您读亦舒有多久：________________
* 最喜欢的亦舒作品：________________
* 最爱亦舒的一句话：________________
* 喜欢亦舒的原因：________________
* 您从何处得知本书消息：□书店　□网络　□报纸　□杂志　□他人推荐　□其他
* 购买方式：

(1) 书店：________省________市________书店

(2) 网上购买：________________网

(3) 其他：________________

* 您的建议：________________

____

和元文化
Heyuan Culture Company

北京和元文化传播有限责任公司

北京红书坊文化发展有限公司

电话：010 84064770

传真：010 84064770

E-mail：hongshufang@vip.sina.com

地址：北京市朝阳区幸福村中路锦绣园A座1205室

邮编：100027

北京市版权局著作权登记号：图字：01-2013-1892号

图书在版编目（CIP）数据

众里寻他 /（加）亦舒著. —北京 ：东方出版社，2013
ISBN 978-7-5060-6487-3

Ⅰ. ①众… Ⅱ. ①亦… Ⅲ. ①长篇小说－加拿大－现代
Ⅳ. ①I711.45

中国版本图书馆CIP数据核字(2013)第157811号

众里寻他
(ZHONG LI XUN TA)
亦 舒 著

责任编辑：张 旭 王 欣 庆 宇
出　　版：东方出版社
发　　行：人民东方出版传媒有限公司
地　　址：北京市东城区朝阳门内大街192号
邮政编码：100010
印　　刷：北京海石通印刷有限公司
版　　次：2013年8月第1版
印　　次：2013年8月北京第1次印刷
开　　本：880 毫米×1230 毫米 1/32
印　　张：6
字　　数：122千字
书　　号：ISBN 978-7-5060-6487-3
定　　价：25.00 元
发行电话：（010）65210059 65210060 65210062 65210063